novum pro

AF195853

ERICH SKOPEK

Mitternacht der Welt

Born after midnight

novum pro

www.novumverlag.com

Bibliografische Information
der Deutschen Nationalbibliothek:

Die Deutsche Nationalbibliothek
verzeichnet diese Publikation in
der Deutschen Nationalbibliografie.
Detaillierte bibliografische Daten
sind im Internet über
http://www.d-nb.de abrufbar.

Alle Rechte der Verbreitung,
auch durch Film, Funk und Fernsehen,
fotomechanische Wiedergabe,
Tonträger, elektronische Datenträger
und auszugsweisen Nachdruck,
sind vorbehalten

Gedruckt in der Europäischen Union
auf umweltfreundlichem, chlor- und
säurefrei gebleichtem Papier.

© 2023 novum Verlag

ISBN 978-3-99131-956-6
Lektorat: C.P.
Umschlag- und Innenabbildungen:
Erich Skopek
Umschlaggestaltung, Layout & Satz:
novum Verlag
Autorenfoto: Christine Enne

www.novumverlag.com

Wenn sich die Meinungsfreiheit
Die böse Maske der Narrenfreiheit überstülpt,
Dann ist es Zeit, die Narren
Mit eisernen Ketten an die Ruderbänke
des Narrenschiffs zu schmieden.

The darkest hour is just before the dawn

Die Prätorianer

Als Felix Novak durch die Auslage, in der kunstvoll verzierte Torten und andere Süßigkeiten ausgestellt waren, ins Innere des Kaffeehauses blickte, erkannte er drei Männer – so um die Achtzig und alle mit Anzug und Krawatte gekleidet – heftig miteinander diskutieren. Wäre Novak bereits im Lokal gewesen, hätte er einen von ihnen zu den anderen sagen gehört: „Endlich können wir uns, die weißen bösen alten Männer, wieder offen treffen und müssen uns nicht mehr mit vorgehaltener Hand austauschen." Denn rund siebzig Jahre war es verboten gewesen, über die Diktatur und die damit verbundene Misswirtschaft zu reden. The New Dark Ages nannte man diese Zeit der Meinungs-, Sprach- und Ökodiktatur. Die drei hatten einem von ihnen, einem *„Prätorianer"*, die letzte Ehre erwiesen und waren danach hier eingekehrt. Das Treffen nach dem Begräbnis in einem Lokal in der Nähe des Friedhofs hatten sie bewusst ausgelassen und waren lieber hierher gekommen. Als Felix das Wort Prätorianer auf den Lippen der Männer las, betrat auch er das Lokal und setzte sich an einen Nebentisch. Er tat so, als hörte er nicht zu, las in der Speisekarte und bestellte Kaffee und Sachertorte mit Schlagobers. Natürlich war er an dem Gespräch interessiert und mit der Zeit ließ er kleine Nebenbemerkungen fallen und begann Fragen zu stellen.

„Was meinen sie denn mit dem Wort Prätorianer?", fragte er in Richtung der drei älteren Herren. Diese blickten sich längere Zeit fragend an und als zwei mit dem Kopf nickten, begann der dritte zu reden: „Im antiken Rom waren die Prätorianer Angehörige der kaiserlichen Leibwache. Sie lassen sich bis auf die Zeit der Scipionen um das Jahr 275 v. Chr. zurückverfolgen. Obwohl sie die Gardetruppe waren, wurden sie auch für verschiedene andere Aufgaben herangezogen. Der Begriff rührt vom Hauptplatz des Legionslagers mit dem Zelt des Feldherrn, dem Prätorium, her. Zu unserer Zeit, denn auch wir verwendeten dieses Wort, meinte es einen Geheimbund, der sich dem Sturz des Systems, verschrieben hatte. Anfangs waren wir nur wenige und es war schwierig, untereinander zu kommunizieren. Denn das System überwachte alles – Telefon, Internet, alle digitalen und analogen Kommunikationssysteme – und man wich wie in alter Zeit auf verschlüsselte Geheimbotschaften und Ähnliches aus. Trotzdem fanden sich schnell neue Anhänger, die über den ganzen Kontinent verstreut auf das Ende der Diktatur hinarbeiteten."

Novak, der auch ein Prätorianer war, gab sich zum jetzigen Zeitpunkt noch nicht zu erkennen und stellte hin und wieder Zwischenfragen. Denn er war einer jener Beauftragten der neuen Regierung, die die alten Archive aufzuarbeiten hatten, die nach den Ursachen der finsteren Zeiten forschten, um den Spuren der vorhergegangenen Geschichte, bevor all das Böse begonnen hatte, auf den Grund zu gehen. Die Erkenntnisse sollten dabei helfen, wieder dort anzuknüpfen, wo die finsteren Zeiten noch nicht begonnen hatten: Die Zeiten, in denen man eine Weltregierung schaffen wollte und alle Grenzen beseitigt wurden. Der Wahlspruch „no nations, no borders" hatte den Kontinent in Finsternis getaucht und die Menschen zu weiteren schrecklichen Verhaltensweisen verleitet. Die Wirtschaft wurde an die Wand gefahren und auch die landwirtschaftlichen Erträge verminderten sich kontinuierlich. Für alles fand man Ausreden, nur die Unfähigkeit des Systems, für Innovation und Investitionsfreudigkeit zu sorgen, durfte nicht angesprochen werden. Wie sollte das auch bei gleichgeschalteten Medien funktionieren? Man hatte für die komplette wirtschaftliche Abhängigkeit der Menschen gesorgt, indem man jedem einen Code zugeteilt hatte, mit dem er berechtigt war, zu kaufen und Handel zu treiben. Die Prätorianer fanden immer mehr Zulauf, wobei die Verantwortlichen darauf achteten, kleine Gruppen zu bilden, die untereinander nur losen Kontakt hielten. Was sie einte, war der böse Feind und der Wille zu einer positiven Veränderung. Es wurde ihnen viel Geduld abverlangt, denn die Vorbereitungen mussten unter völliger Geheimhaltung durchgeführt werden.

Als Novak auf die Uhr sah, merkte er, wie spät es geworden war. Es war bald Sperrstunde und die vier Herren verabredeten sich für den nächsten Tag. Sie wählten ein anderes Kaffeehaus, denn sie wussten nicht genau, wie weit die Fangarme des alten Systems noch reichten und sie wollten kein Risiko eingehen. Die drei älteren Herren hatten den gleichen Weg nach Hause, denn sie wohnten im gleichen Stadtteil. Zu Hause angekommen, dachten sie lange nach, wie sie sich weiter verhalten sollten. Auch Felix ging nach Hause und setzte sich an seinen Laptop, um ein Protokoll des Gesprächs vom Nachmittag anzufertigen.

Als die drei Prätorianer sich am nächsten Tag trafen, tauschten sie ihre Gedanken aus und berieten, wie viel sie von sich preisgeben sollten. Wer war denn dieser Novak, warum hatte er sich ausgerechnet zu ihnen gesetzt und über die Prätorianer ausgefragt? Diese Gedanken beschäftigten sie, als sie zum Café spazierten. Felix Novak saß bereits im Lokal, vor sich eine Melange und einen Mohnstrudel. Er begrüßte die älteren Herren und als hätte er die drei auf dem Weg hierher belauscht, begann er das Gespräch: „Ich möchte euch reinen Wein einschenken, auch ich bin einer von euch, auch ich bin ein Prätorianer. Auf Grund meines Alters, ich bin erst vierunddreißig Jahre alt, bin ich erst spät zu dem Bund gestoßen. Jetzt bin ich damit beauftragt, die Geschichte der New Dark Ages aufzuarbeiten. Vielleicht können künftige Generationen davon lernen. Und es wäre schön, mehr über die Ausschaltung des Systems zu erfahren." Die drei waren perplex und mussten das Gehörte erst verarbeiten. Da stellten sich die Angesprochenen mit Namen vor und versprachen Felix, ihn bei seiner Arbeit zu unterstützen.

„Ich bin Hubert", sagte der Älteste von ihnen, „und die beiden anderen heißen Peter und Michael", wobei er auf den jeweiligen seiner Freunde zeigte. „Wir werden dir alles erzählen, was wir erlebt haben und wie das System gestürzt wurde. Lediglich über die Dinge, bei denen wir zur Geheimhaltung verpflichtet sind, müssen wir Stillschweigen bewahren." Felix dankte seinen drei neuen Freunden, denn so nannte er sie ab jetzt, und freute sich auf die Zusammenarbeit. „Ich bin überzeugt, dass es da einen großen Schatz an Wahrheit zu heben gibt, der mir die Aufarbeitung der Geschehnisse erleichtern wird", meinte er. „Wir werden über alles Geschehene nachdenken, für dich eine Zusammenfassung ausarbeiten, damit wir dir deine Aufgabe erleichtern", versprach Michael. Novak dankte ihnen, verabschiedete sich jedoch bald, da er noch in der Behörde, in der er arbeitete, ein paar Angelegenheiten zu ordnen hatte. Er war sehr gewissenhaft, genau und akribisch, was manche als ‚Erbsenzählerei' abgetan hätten.

Felix neue Freunde blieben noch im Kaffeehaus und arbeiteten an der Zusammenfassung, so wie sie es versprochen hatten. Bis zum Abendessen blieben sie im Lokal und jeder bestellte einen Toast und ein kleines Bier. Erst danach brachen sie nach Hause auf. Sie konnten lange nicht einschlafen, denn das Gespräch hatte sie innerlich aufgewühlt und, dass Novak einer von ihnen war, beschäftigte sie noch intensiv. Erst weit nach Mitternacht fanden sie den ersehnten Schlaf. Tags zuvor hatte Novak sie gebeten, in sein Büro zu kommen. Er wollte das Gespräch über die Befreiung aufnehmen, denn dies half ihm, Zeit zu sparen. Er hatte ihnen auch Getränke und belegte Brote versprochen, um den Aufenthalt so angenehm wie möglich zu gestalten. Sie freuten sich schon darauf, Felix helfen und wieder einmal in alten Erinnerungen schwelgen zu können. Das taten sie ohnehin immer öfter, wenn sie zusammenkamen und die Aussicht, einen Zuhörer zu haben, beflügelte sie. Sie wollten abwechselnd ihre Erfahrungen preisgeben, damit keiner von ihnen zu müde wurde, ‚denn sie stellten sich auf eine lange Erzählung ein, um alles bis ins kleinste Detail für die Nachwelt zu erhalten.

Feuerball

Als die drei Freunde im Büro von Felix eintrafen, waren die Vorbereitungen für die Aufnahme bereits getroffen worden. Für jede Person hatte man ein Mikrofon bereitgestellt, sowie ein Glas samt einer kleinen Mineralwasserflasche für jeden. Gespannt wartete Novak auf den Bericht der drei Augenzeugen über die Befreiung aus den „Dark Ages". Hubert begann als erster zu sprechen: „Über die Zustände auf dem Kontinent, die zur Gründung der Prätorianer geführt haben, haben wir bereits ausführlich gesprochen. Jeder aus dem Geheimbund wartete auf den Tag X, auf das Startzeichen zum Befreiungsschlag. Endlich wurde der Code, versteckt in Hotelbeurteilungen, die im Internet verbreitet wurden, für den Aufstand gegeben. In Europa gab es zu dieser Zeit sechzehn Zentralen, von denen aus der Kontinent regiert, besser gesagt unterdrückt, wurde. Die Zentrale für Österreich, der Slowakei und Ungarn, Länder, die es heute wieder gibt, befand sich circa sechzig Kilometer nördlich von Wien. Die Gegend dort war lange als die Gemüsekammer für die Hauptstadt und auch für das übliche Österreich bekannt. Die verschiedensten Gemüsesorten wurden dort angebaut, besonders berühmt war dieser Flecken Erde für seinen Spargel.

Auch Fisolen, Spinat und die verschiedensten Salatsorten wurden dort kultiviert. Was nicht gleich in den Wirtschaftskreislauf gebracht wurde, verarbeitete man zu Tiefkühlgemüse. Erntefrisch wurde das Gemüse in Fabriken gebracht, wo es sofort verarbeitet und tiefgekühlt wurde. Das ganze Jahr über fanden sich diese Köstlichkeiten in den Regalen der Supermärkte. Die dort lebenden Gemüsebauern und Gärtner hatten lange Zeit ein gutes und geregeltes Auskommen. Dann, nachdem all das Böse begann, wurden die Erträge und somit auch das Auskommen immer geringer. Nachdem man Pflanzenschutzmittel und mineralischen Dünger, den viele fälschlicherweise als Kunstdünger bezeichneten, verboten hatte, reduzierten sich die Ernten, was sich auch in den Preisen niederschlug. Die Bevölkerung musste viel mehr für ihre Vitamine bezahlen. Auch die Niederschläge hatten sich Jahr für Jahr reduziert und vermehrten die Ernteausfälle noch mehr. Aber anstatt gentechnisch veränderte Pflanzen zuzulassen, die die Trockenheit besser vertragen und zu höheren Ernteerträgen geführt hätten, machte man dagegen in den Medien Stimmung."

Da fiel Michael Hubert ins Wort: „Wir wollen doch nicht über Gemüse und die Zustände während der New Dark Ages reden, sondern darüber, wie wir uns davon befreit haben. Wie gesagt gab es sechzehn Zentralen über ganz Europa verstreut. Pünktlich um 02.15. Uhr des 3. Mai 2098 begann der Befreiungsschlag. Nur jene Zentrale, die am nächsten zur russischen Grenze lag, verspätete sich um zwei Minuten, was aber keinerlei Bedeutung hatte. Bereits drei Jahre vorher hatte man in die Zentralen Prätorianer eingeschleust, die als trojanische Pferde oder als fünfte Kolonne galten. Die meisten von ihnen waren IT-Fachleute, die dann bei der Befreiung eine wichtige Rolle spielten. Sie arbeiteten sich in die Sicherheitssysteme ein, um sie dann zum gegebenen Zeitpunkt außer Kraft setzen zu können. Auch Sicherheitsleute wurden in die Zentralen eingeschleust. Bevor der Startschuss zur Befreiung gegeben wurde, kreisten Drohnen mit hochauflösenden Kameras über den Gebäuden. Sie schickten den Befreiungsteams Bilder von den Eingängen der Gebäude, aber auch das Umland im Radius von fünf Kilometern wurde beobachtet."

Als Letzter übernahm Peter das Wort: „Die eingeschleusten Prätorianer, oder soll ich sie als Trojaner bezeichnen, warfen Giftgasgranaten in die Schlafräume des Personals. Das Gift war nicht sehr stark und sollte auch nicht lange anhalten. Die Schlafenden wurden überwältigt, gefesselt und in einen größeren Raum zur Bewachung gebracht. Das an den Bildschirmen arbeitende Personal wurde ebenfalls überwältigt und zu den anderen gebracht. Die Verbindung zu den anderen Zentralen wurde unterbrochen, so dass sie nicht mehr in der Lage waren, miteinander zu kommunizieren. Das Sicherheitssystem, das vor einem Eindringen von außen schützen sollte, war außer Betrieb gesetzt worden. Vor der Eingangsschleuse wartete bereits ein Trupp Prätorianer, der mit einem alten Reisebus an das Portal gebracht worden war. Das Fahrzeug hatte man in einem aufgelassenen Reisebüro entdeckt und überholt. Denn Reisen, vor allem mit dem Flugzeug, waren ja verpönt, und bis auf ein paar wenige Menschen, die es geschafft hatten, trotz oder vielleicht sogar wegen des wirtschaftlichen Niedergangs im Luxus zu leben, konnte sich ja kaum mehr jemand einen Urlaub in die Ferne leisten."

Die Prätorianer waren mit Stahlhelmen und kugelsicheren Westen ausgestattet. Einige trugen auch Gasmasken an ihrem Gürtel, wo sich auch noch ein Taser befand. Bewaffnet waren die Kämpfer mit Uzi-Maschinenpistolen vom Typ MP2A1. Der Riemen bei dieser Waffe ermöglichte es ihnen, die Maschinenpistolen umgehängt in Anschlag zu nehmen und abzudrücken. Nachteilig war, dass es etwas schwierig war, das Ziel genau zu treffen. Ein weiterer Vorteil aber war, dass die Waffen verhältnismäßig klein und günstig zu erwerben waren. Da es noch Bestände gab, die auf dem Kontinent produziert worden waren, war es leicht gewesen, diese Waffen zu besorgen. Nur einer aus dem Befreiungsteam trug ein Scharfschützengewehr vom Typ Steyr SSG 69 mit Kaliber 7.62 x 51 mm NATO-Munition, das durch sein Zielfernrohr mit einer genauen Treffsicherheit bestach. Es war einfach gewesen, dieses aus alten Militärbeständen zu besorgen. Uniformen trugen sie keine. Die Gefangenen wurden aus der Zentrale in den Bus und damit in eine aufgelassene Fabrik gebracht. Einige Prätorianer waren zur Bewachung mitgefahren.

Nachdem der Bus abgefahren war, kreisten nochmal Drohnen über der Zentrale und dem Umland. Bisher dürfte der Ausfall der Verwaltungsgebäude noch nicht bemerkt worden sein. Auch diesmal gaben sie grünes Licht für die weiteren Handlungen. Ein alter Tanklastwagen für Gas parkte direkt vor dem Eingang. Der Schlauch, der sich auf dem Auto befand, wurde entrollt und in das Innere des Gebäudes geleitet. Zwischenzeitlich hatte man Plastiksprengstoff in der Zentrale verteilt und mit Zünder versehen. Nach circa zwanzig Minuten war der Tanklaster leer und fuhr sofort vom Gelände. Die noch verbliebenen Prätorianer wurden von einem VW-Bus abgeholt und in die Fabrik gebracht. Als die Entfernung zwischen dem Gebäude und den Fahrzeugen groß genug war, zündete man den Sprengstoff mittels Fernsteuerung. Die gewaltigen Detonationen wurden noch im weiteren Umkreis gehört. Das brennende Gas leuchtete hell in der Dunkelheit der Nacht und brachte die Luft zum Flimmern.

Es dauerte lange, bis sie über Satellitentelefon erfuhren, dass die Befreiungsschläge auch in den anderen fünfzehn Zentralen geglückt waren. Schlachten waren gewonnen worden, aber noch kein endgültiger Sieg errungen. Zunächst mussten noch die Hauptschuldigen für die schrecklichen Taten des Systems aufgespürt und zur Verantwortung gezogen werden. Man plante, mit ihnen ähnlich wie in den Nürnberger Prozessen, die schon lange zurücklagen, zu verfahren. Die schwierigste Arbeit lag darin, ihre Verbrechen aufzudecken und Anklageschriften zusammenzustellen. Die meisten würden in gewohnter Weise alles leugnen und sich für nicht schuldig bekennen. Windige Anwälte würden zu ihrer Verteidigung ausrücken, um die Arbeit der Ankläger zu zerpflücken. Einige der Verbrecher, die ihr Vermögen bereits ins Ausland gebracht hatten, würden ihrem Geld dorthin nachfolgen und in Saus und Braus leben. Manche würden sich einer Gesichtsoperation unterziehen, aber man würde sie größtenteils aufspüren, um sie bestenfalls vor Gericht zu stellen. Auch dabei konnte die Geschichte ein großer Lehrmeister sein. Alles in allem warteten gewaltige Anforderungen auf die neuen Verantwortlichen.

Nachdem sich die Erzähler mit den belegten Broten, die auf Tabletts unter Plastikfolie bereits vorbereitet lagen, gestärkt hatten, berichteten die drei älteren Herren mit Wehmut über die damaligen Ereignisse. Sie hatten die Pause gebraucht, um wieder Abstand zu gewinnen. Novak zollte ihnen Respekt, für die Gefahren, die sie auf sich genommen hatten, um all das Böse, das die Neuen Dunklen Zeiten gebracht hatten, abzuschütteln und auf den Müllhaufen der Geschichte zu verbannen. Er dankte ihnen, gab ihnen zu verstehen, dass für heute das Gespräch beendet war und bat sie, am nächsten Tag noch einmal zu kommen. Vieles hatte er in seinen Nachforschungen über das Vergangene ans Licht gebracht, aber über die Zeit, über die seine Freunde berichtet hatten, gab es keine Aufzeichnungen, denn die Verantwortlichen des Systems hatten immer mit der Angst gelebt, dass ihre Schandtaten eines Tages ans Licht kommen und sie dafür belangt werden würden. Felix hörte sich die Aufnahmen nochmals an, um am nächsten Tag die drei Alten über etwaige Unklarheiten befragen zu können.

Felix Novak

In der Tat war Felix Novak mit großen Herausforderungen konfrontiert. Sein Vorname Felix stammt aus dem Lateinischen und bedeutet der Glückliche. Novak war ein häufiger tschechischer Nachname, den man am besten mit Neumann oder Anfänger übersetzt. Er war also der glückliche neue Mann, der die Vergangenheit aufzuarbeiten und die Weichen für einen politischen und gesellschaftlichen Neuanfang zu stellen hatte. Glücklicherweise war er nicht der einzige, der diese Aufgabe hatte, sondern es gab in den Ländern des Kontinents, die wieder in ihren ehemaligen Grenzen auferstanden waren, viele, denen diese schwierige Arbeit anvertraut worden war. Felix war mit den meisten gut vernetzt und stand in regem Austausch mit ihnen. Diesen „no nations, no borders" Wahnsinn hatte man endgültig überwunden. Überwunden war auch der Traum von einer Weltregierung und einer Weltreligion, die Frieden unter den Menschen schaffen sollte. Aber was war der Preis dafür gewesen? Die Wahrheit. Denn diese stirbt zuerst. Felix war auf verschiedene Weise in die geheimen Datenströme eingedrungen und hatte sie entschlüsselt und geordnet. Aber er fand es schwierig, die verschiedenen Teile der erforschten Informationen in ein System – Novak verwendete dieses Wort, obwohl es so viel Unheil gebracht hatte – zu bringen. Ein System, das es den neuen Verantwortungsträgern gestattet hätte, die Ursachen für das Entstehen all des Bösen zu erforschen und aus den alten Fehlern zu lernen, aber auch falsche Neuentwicklungen zu erkennen.

Das Puzzle an Informationen bestand aus so vielen Teilen, dass Novak sich manchmal überfordert fühlte, wenn er seinen Laptop einschaltete. Zumal die Wurzeln des bösen Systems weiter als die New Dark Ages zurücklagen. Immer tiefer drang er in die Wahrheit ein, immer neue Informationen beförderte er ans Tageslicht, konnte aber keine Schlüsse für die Zukunft ableiten. Er fühlte sich, als hätte er tiefe Stollen in ein Bergwerk gegraben, ohne zu wissen, wie er das beförderte Metall verarbeiten sollte. Er suchte Parallelen in Geschichtsbüchern, die in verborgenen Verstecken wieder gefunden wurden. Aber die Fülle der Informationen war so riesig, dass er sich außerstande sah, sie zu verarbeiten. Er forderte daher Leute an, die ihm dabei helfen konnten, die Geschichtsbücher einzuscannen. Zwei Personen wurden ihm als Hilfe zugestanden, um die Informationen rascher verarbeiten zu können. Es dauerte einige Tage, bis Felix seine Mitarbeiter eingeschult hatte. Er informierte sie über die Art des Auftrags, über die Datenfülle und machte sie mit den Geschichtsbüchern vertraut. Die beiden erkannten erst langsam, was Geschichte bedeutete und welche Schlüsse man aus ihr ziehen konnte.

Die Mitarbeiter lernten rasch, vor allem weil sie fasziniert von dieser ‚neuen Welt' waren, dass nämlich nicht nur der Augenblick zählte, sondern dass es ein Vorher gab, das die Gegenwart mitbestimmte. Und auch, dass man die Zukunft mitgestalten konnte, wenn man die richtigen Entscheidungen traf, beeindruckte sie. Felix Novak machte eine Entdeckung, die ihn tief in seinem Innersten traf. Er fand eine Schrift in den Aufzeichnungen, die man damals als „das Manifest" betitelte, eine Schrift, die schon damals auf die Gefahren einer fehlgeleiteten Entwicklung der Gesellschaft hingedeutet hatte. Und zu seiner Überraschung entdeckte er, dass das von einem gewissen Erwin Schäfer verfasste Manifest von seinem Urgroßvater stammte. Dieser trug zwar einen anderen Namen, denn man hatte ihn nach seiner Hinrichtung aus den Aufzeichnungen aller Ämter gelöscht, aber wie so oft, hatte man eine kleine Notiz übersehen, die nun Erwin Schäfer aus dem Tiefschlaf der Geschichte holte. Felix forschte nunmehr mit noch größerem Eifer und neben dem Manifest fand er auch noch Aufzeichnungen von Sendungen, die Schäfer für einen christlichen Privatsender verfasst hatte. Neben Musik aus der damaligen Zeit, die heute etwas fremdartig wirkte, waren Zitate aus der Bibel mit klaren Auslegungen gespeichert. Worte, die die Menschen ins Herz treffen sollten, um sie zu einem Leben mit Christus zu bewegen. Die Hörer wurden über die Situation der Menschen, die ihr Leben ohne Verbindung zum lebendigen Gott verbrachten, in Kenntnis gesetzt und gleichzeitig wies sie Schäfer darauf hin, dass nur Jesus Christus, die Kluft, die zwischen den Menschen und Gott von Natur aus besteht, überwunden hat. Er forderte daher alle Hörer auf, Jesus Christus in sein Herz aufzunehmen, um durch den Heiligen Geist ein neues Leben in Gemeinschaft mit dem lebendigen Gott zu empfangen. Denn Jesus war für die Sünden der Menschheit, auch für die der Zuhörer gestorben – ein für alle Mal hatte Christus ein vollkommenes und ewig gültiges Opfer gebracht.

Auch wenn diese Wahrheit, die von seinem Urgroßvater in mehreren Sendungen von verschiedenen Seiten beleuchtet worden war, vielleicht manchmal etwas unklar war, so endete sie immer mit der Aufforderung, Jesus Christus in sein Herz aufzunehmen und ein Leben nach Gottes Willen zu führen. Wie ein solches aussah, legte er vor dieser Aufforderung dar. Felix kopierte das Manifest und die Radiosendungen auf USB-Sticks und nahm die Kopien als Erinnerung an Erwin Schäfer mit nach Hause. Für Novak bekam seine Arbeit eine ganz neue Perspektive. Er war nicht nur in die Geschichte und seine persönliche Geschichte eingedrungen, sondern für ihn stellte sich die Frage nach dem Sinn im Leben zum ersten Mal in voller Dringlichkeit. Ohne seine Arbeit und Nachforschungen zu vernachlässigen, musste er sich wie jeder Mensch die großen Lebensfragen stellen: Wer bin ich, wozu bin ich auf dieser Welt, was wird nach meinem Tod sein? Und so wie er berufsmäßig Antworten für die Zukunft aus den letzten siebzig, achtzig Jahren zu ziehen hatte, so stand er auch persönlich vor einer großen Herausforderung, vor Fragen, die sein zukünftiges Leben betrafen. Die Antworten, die er im Nachlass seines Urgroßvaters gefunden hatte, waren ihm nicht genug. Deshalb kaufte er sich zwei Bibeln, eine in einer

Übersetzung in modernerer Sprache, und eine andere, die versprach, eine wortgetreue Übersetzung zu sein, auch wenn ihre Sprache etwas holprig und antiquiert war. Da er nicht wusste, wo er zu lesen beginnen sollte, wollte er mit anderen Christen darüber sprechen.

Er entschied sich, zuerst Kontakt zu den Kirchen zu suchen. Felix hatte zwar gehört, dass es auch andere christliche Gemeinschaften gab, die sich auf die Bibel beriefen, aber was für ihn für die Kirchen als erste Wahl sprach, war ihre Größe. Auch sollte es dort Menschen geben, die in diversen Einrichtungen viel über die Heilige Schrift gelernt hatten und, seiner Meinung nach, am besten geeignet schienen, ihm zu helfen. Aber er hatte sich getäuscht. Es gab viele Meinungen zur Bibel, auch die, dass die Kirche zusätzlich auch an andere Offenbarungen glaubte, nämlich an ihre eigenen, obwohl sie oft im Gegensatz zur Heiligen Schrift standen. Man empfahl ihm einen Kommentar der Kirche, der ihn beim Lesen anleiten sollte. Also gefilterte Information, wie Felix richtig erkannte. Sehr oft fiel das Wort „römisch" im Zusammenhang mit „allein wahr und seligmachend", was Novak befremdete. Zwar gab Rom dem damals untergehenden Weltstaat den Namen eines Gottesreiches, aber im Schoß der Kirche begann der heidnische Geist und ein mystischer Kultus zu wuchern. Die Kirche erwies sich danach nicht mehr als Zeugin des Heils, sondern als Verwalterin. Den Weltstaat nannte die Kirche „Reich Gottes", der Kultus war ihre Form der Gottesverehrung und die kirchliche Hierarchie mit ihrem Pomp zeugte von einer Weltorganisation. All das hatte er in den Geschichtsbüchern gelesen, die er im Netz gefunden hatte. Diesen vertraute er mehr als dem Zeugnis der Kirche über sich selbst. Nein, damit wollte Novak nichts zu tun haben.

Er suchte nach Struktur und Hilfe beim Lesen des Wortes Gottes. Im Manifest seines Urgroßvaters fand Felix Ansätze für ein christliches Leben, die ihm aber viel zu undeutlich waren und keine Orientierung gaben. Zu kurz und nicht mit praktischen

Anleitungen versehen, so empfand er. Also stöberte er weiter. In den Büchern hatte er auch gelesen, dass es Zeiten gab, in denen das Leben aus Gott wieder sichtbarer wurde. Vor Jahrhunderten betraten Männer diese Welt, die das Wort Gottes ernst nahmen und es als einzige Offenbarung betrachteten. Sie zeigten Missstände auf und versuchten, die Kirche zu reformieren, was ihnen aber auf Dauer nicht glückte. Es entstanden eigene Kirchen, deren Mitglieder unter Verfolgung litten, als sie aus der „babylonischen Gefangenschaft" ausbrachen. Männer wie Luther, Calvin, Wesley und viele andere kehrten zu den Wurzeln der Offenbarung Gottes in der Heiligen Schrift zurück. Aber was war zwischenzeitlich aus diesen Kirchen geworden? Das wollte Novak herausfinden, bevor er weiter nach Hilfe suchte. Aber auch hier wurde er nicht wirklich fündig. Diese Gemeinschaften hatten zumindest teilweise den Zeitgeist, den er in den Unterlagen des Systems gefunden hatte, verinnerlicht.

Novak durchsuchte sorgsam verschiedene Berichte und erkannte bald, dass es unter der Oberfläche dieser Kirchen oftmals gärte. Der überwiegende Teil dieser Gemeinschaften wurde noch immer – zumindest in der Praxis – von unbiblischen Strömungen geleitet. Dann gab es noch kleinere christliche Gruppen in den Kirchen, die versuchten, gemäß der Heiligen Schrift zu leben. Warum sich diese nicht vom Mainstream trennten, wusste er nicht. In Gesprächen, die er mit den Verantwortlichen der Kirchen führte, gab es viele verschiedene Meinungen. Manche halfen ihm weiter, manch andere Gruppen schienen das Studium der Heiligen Schrift nicht so wichtig zu nehmen. Es gab die bestellten Experten, die meinten auf alles eine Antwort zu haben, Theologen nannten sie sich. Sie konnten viel über die Bibel reden, schöne Worte machen, aber inspiriert vom Wort Gottes schienen sie meist nicht zu sein. Sie lebten teilweise offen in Sünden, die die Bibel als solche bezeichnete. Aber das schien diese selbsternannten Gelehrten kaum zu kümmern. Er dachte an Goethes Worte *„Da steh ich nun, ich armer Tor und bin so klug als wie zu vor"*, oder an Shakespears: *„Worte, Worte, nichts als Worte."*

Da empfahl ihm jemand, Helmut Schubert, den sie den Prediger nannten, aufzusuchen. Er war kein Pfarrer oder Pastor, sondern der Leiter einer kleinen christlichen Gemeinschaft. Zwischenzeitlich hatte Felix schon mit einigen dieser oft örtlich begrenzten christlichen Gemeinden Kontakt aufgenommen. Sie luden ihn alle ein, sich ihnen anzuschließen, aber manchmal verspürte er eine gewisse Härte in ihren Reihen und in manchen Punkten waren sie untereinander oftmals uneinig. Besonders die Aussagen einiger dieser Gruppen über die Stellung der Frau in der christlichen Gemeinschaft, riefen Befremden in ihm hervor. Alles, was Novak eigentlich wollte, war eine Hilfestellung beim Lesen des Wort Gottes, um sich selbst ein Bild machen zu können und dann zu entscheiden, welchen Weg er in Zukunft weiter beschreiten wollte. Bevor Novak sich zu Schubert aufmachte, besuchte er noch seine drei alten Freunde, um ihnen von seinen letzten Erlebnissen zu berichten. Er dankte ihnen nochmals dafür, dass sie so offen aus ihrem Leben erzählt und ihn bei seiner Arbeit so tatkräftig unterstützt hatten. Wenn Novak gewusst hätte, dass er die drei Männer bald wieder treffen würde, hätte er sich nicht so überschwänglich von ihnen verabschiedet.

Helmut Schubert

Helmut Schubert war Leiter eines örtlichen christlichen Bibelkreises, der sich im Intervall von vierzehn Tagen in den Räumen der Volkshochschule traf. Er war überzeugt, dass das Wort „Prediger", wie ihn manche nannten, auf ihn nicht zutraf. Seinen Unterhalt verdiente er als angestellter Übersetzer eines englischen Verlages für moderne Literatur. Dieses Gehalt reichte aus, sich ein kleines Häuschen mit Garten und den üblichen Lebensunterhalt zu finanzieren. Er war sicher nicht reich, legte aber auch keinen großen Wert auf Dinge wie schöne Kleider und anderen Luxus und seine sonstigen Ausgaben hielten sich in Grenzen. Jeder, der ihn kannte, wusste auch, dass er freizügig für verschiedene Organisationen spendete. Niemals sprach er darüber, und das war gut und richtig so. Als er Novaks Brief erhielt und sich mit seinem Anliegen vertraut gemacht hatte, lud er ihn zu sich nach Hause ein. Novak hatte für seinen Besuch zwei Wochen eingeplant, schlussendlich wurden daraus aber drei Monate. Um flexibel zu bleiben schlug Helmut vor, dass Felix in das ausgebaute Dachgeschoss und nicht in ein Hotel ziehen sollte. Das kleine Zimmer bot eine Schlafangelegenheit und genug Platz für Novaks technische Ausrüstung, die er mitzubringen angekündigt hatte. Neben all den Gesprächen, die er zu führen hoffte, konnte er seine laufende Arbeit nicht unterbrechen. Zu wichtig war sie für den Neustart der Gesellschaft. Helmut selbst bewohnte das Untergeschoss, das aus einem größeren Zimmer, das zum Wohnen und Schlafen geeignet war, einer Kochnische und Sanitärräumen bestand. Normalerweise arbeitete er im Obergeschoss, aber es war kein großes Problem für ihn, das große Zimmer auch als Arbeitsraum zu nutzen.

Mit technischer Hilfe fand Novak problemlos zu Schuberts Haus. Dieser erwartete ihn schon mit Kaffee, den er in einer Thermoskanne warm hielt, und einem Nusskuchen. Helmut begrüßte Felix sehr herzlich mit den Worten: „Herzlich willkommen, es freut mich, dass du den Weg zu mir gefunden hast. Vielleicht findest du es befremdlich, dass ich dich gleich mit ‚Du' angesprochen habe, aber wenn es passt, bleiben wir doch dabei. Ich hoffe wir kommen miteinander gut zurecht und ich kann dir weiterhelfen. Aber komm und nimm erst einmal Platz für eine Stärkung." Während der Jause stellten sie sich einmal vor und erzählten in Kurzfassung aus ihrem Leben. Danach brachte Novak seine technische Ausrüstung ins Obergeschoß und packte sie ebenso aus wie seinen Koffer. Viel hatte er nicht eingepackt, denn er hatte ja geplant, nur zwei Wochen zu bleiben.

Beim Abendessen, das aus Räucherlachs mit Oberskren, einem Käseteller, aufgeschnittenem Obst und frischem Weißbrot bestand, besprachen sie den nächsten Tag. Schubert schlug vor, eine gemeinsame Wanderung zu unternehmen, die Felix sicher gefallen würde. Sie würden auch den Hund Snoopy mitnehmen, der sicher auch seine Freude haben werde. Beim Wandern und Plaudern könne Novak seine Lebensgeschichte erzählen und auch die Fragen, die er am Herzen hatte, loswerden. Und so war es auch. Die beiden Männer fuhren zeitig am nächsten Morgen mit Schuberts Auto zu einem Parkplatz, von wo aus sie die Wanderung begannen. Zwischendurch waren sie bei einem kleinen Geschäft vorbeigekommen, wo Felix Kaffee in Dosen und Zimtschnecken besorgte. Sie wollten zu Beginn der Wanderung frühstücken, denn morgens hatten sie auf diese Mahlzeit verzichtet. Natürlich war auch der Hund Snoopy mit von der Partie. Er beschnüffelte Novak, der sich aber nichts aus Hunden machte, ausgiebig. Der Hund merkte, dass Novak Angst hatte, was ihn aber noch mehr ansportnte, sich mit ihm zu beschäftigen. Aber im Laufe des Tages schlossen die beiden eine Art distanzierte Freundschaft. Anfangs ging der Weg steil bergauf und naturgemäß hielt sich das Gespräch in Grenzen. Schließlich kamen sie auf eine größere Lichtung. Helmut überzeugte sich, dass keine Kühe oder sonstiges Weidevieh in der Nähe graste und ließ danach den Hund von der Leine. Snoopy nutzte seine Freiheit und rann wie wild umher.

Helmut und Felix hatten es sich auf einer Bank, die am Wegrand aufgestellt worden war, bequem gemacht und den Kaffee und die Zimtschnecken ausgepackt. Natürlich wäre ein heißes Getränk besser gewesen, aber man konnte nicht alles haben. Trotzdem schmeckte es ihnen vorzüglich und Helmut erklärte, dass bis zum Ziel, der Aussichtswarte, noch ein Weg von rund einer halben Stunde vor ihnen lag. Sie packten zusammen, Snoopy wurde wieder angeleint, was er gelassen hinnahm, und weiter ging die Wanderung. So wie es Schubert versprochen hatte, gingen sie noch eine halbe Stunde, bis sie die Aussichtswarte erreichten. Felix hatte nicht so ein gewaltiges Bauwerk erwartet, denn die Warte war ungefähr dreißig Meter hoch und mit einem Lift versehen. Neben der Aussichtswarte gab es ein kleines Gasthaus, in dem sie zu Mittag essen wollten. Aber zunächst traten sie, nachdem sie die Eintrittskarten im Gasthaus gekauft hatten, in die Aussichtswarte. Bei dieser Gelegenheit hatten sie im Wirtshaus auch einen Tisch für das Mittagessen reserviert. Schubert ging zu Fuß die Stufen der Warte hinauf, während Felix den Lift benutzte. Oben angekommen, hatten sie einen weiten Blick über das Land ringsum und auch die weiter entfernt gelegenen Berge waren klar zu erkennen. Novak, eigentlich ein Stadtmensch, war überrascht von der Schönheit der Natur. Leider waren inzwischen mehrere Besucher auf die Plattform gekommen, die durch ihr lautes Reden die Ruhe, die die beiden genossen hatten, zerstörten. Fast fluchtartig verließen sie die Aussichtswarte und waren froh, dass sie einen Tisch reserviert hatten, um das Mittagessen zu genießen. Denn viele Menschen hatten sich bereits im Gasthaus niedergelassen, um zu essen bevor sie die Warte bestiegen.

Felix und Helmut setzten sich auf die für sie reservierten Plätze und bestellten beide ein Glas Bier. Mit dem Essen wollten sie noch ein wenig warten, denn sie hatten die Aussichtswarte früher verlassen als geplant. In weiser Voraussicht hatten sie einen Tisch etwas abseits reserviert, so konnten sie sich in Ruhe unterhalten. Felix begann von sich zu erzählen. Er sprach über sein Leben im System, dass er schon bald unter der Gesinnungs- und Sprachdiktatur litt und dass er die sogenannten ökologischen Einschränkungen übertrieben fand. Er erzählte von den Prätorianern, dass er als IT-Experte nicht an vorderster Front gekämpft hatte, sondern im Hintergrund mit Hackerangriffen Falschinformationen über das System verbreitet hatte. Er berichtete auch über die drei alten Prätorianer, die an vorderster Front dem System gegenübergestanden und es zu Fall gebracht hatten. Natürlich ließ er den Bericht über die Einnahme der Zentrale und ihre Sprengung nicht aus. Helmut war erstaunt, wie viel Novak von den damaligen Ereignissen wusste und begann seinerseits nun viele Fragen zu stellen. Das machte die beiden Wanderer hungrig. Helmut bestellte Fisch, Felix einen herrlich duftenden Schweinsbraten mit Kartoffelknödel, die in dieser Region berühmt waren. Beide nahmen einen Salatteller dazu. Trotz des guten Essens litt die Ernsthaftigkeit ihrer Gespräche nicht.

Nach der Hauptmahlzeit genehmigten sich Helmut und Felix noch einen Kaffee. Novak erzählte weiter aus seinem Leben, sprach über seine derzeitige Tätigkeit und begann dann mit seinen Fragen. „Das System scheint besiegt zu sein", begann er, „aber der Neuanfang gestaltet sich zäh und schwierig. Alte Verhaltensweisen haben sich tief in die Köpfe der Menschen eingegraben und sind nur schwer wieder herauszubringen. Immer noch tief verankert ist die Meinung, dass es keine absolute Wahrheit gibt, dass alles oder nichts wahr ist und es egal ist, nach welchen moralischen Vorstellungen die Menschen leben. Natürlich wäre es falsch, der Gesellschaft ihr Verhalten bis ins Kleinste vorzuschreiben, denn dann wären wir wie die Muslime unter uns, deren Leben sich in allen Bereichen nach dem Koran richtet und die keinen vernünftigen Argumenten zugänglich sind. Aber wenn wir neue Gesetze beschließen, und das müssen wir, dann ist es natürlich nicht egal, nach welchen Werten wir uns richten. Welche Maßstäbe könnten wir denn für unsere Gesellschaft anlegen, wenn es keine absolute Wahrheit gibt?"

Sie schwiegen eine geraume Weile, dann erzählte Felix von seinen Gesprächen mit den Vertretern der Kirchen, die ihn in keiner Weise weitergebracht hatten. „Es ist nun einmal so" begann Helmut mit seiner Antwort, „es kommt immer darauf an, inwieweit sich diese Vertreter nach den Maßstäben der Bibel richten. Sie ist Gottes Wort und ER weiß genau, was für uns das Beste ist. Leider hat man sich schon in der Zeit, bevor all das Böse begann, von Gottes Geboten abgewandt und daher konnte es zu der nachfolgenden Katastrophe kommen. Nicht mehr die Liebe zu Gott hatte die Menschen in ihrem Verhalten geprägt, sondern eine falsch interpretierte Liebe zum Nächsten bestimmte ihr Handeln. Hätten sie ihre Nächsten so geliebt wie sich selbst, dann hätten sie sie gewarnt und aufgefordert so zu leben, wie es Gott gewollt hat. Die Grenzen zwischen Mann und Frau waren verwischt worden, gleichgeschlechtliche Liebe wurde als normal empfunden und der Mord an unzähligen Ungeborenen wurde fälschlicherweise als das Recht der Frau auf ihren eigenen Bauch verkauft. Die Kirchen hatten sich teilweise selbst zu humanistischen Weltanschauungsvereinen degradiert. Das erste und wichtigste Gebot (Matthäusevangelium Kap. 22:37) *‚Du sollst deinen Herrn, deinen Gott, lieben von ganzem Herzen, mit ganzer Seele und mit all deinen Gedanken'* wurde nicht mehr so genau genommen, vor allem dann, wenn die Liebe zu Gott mit der Aufforderung zum Gehorsam Seinem Willen gegenüber, verbunden war. Dafür wurde das ebenso wichtige Gebot ‚*Du sollst deinen Nächsten lieben wie dich selbst'* oft überdehnt, so als wären Christen für alle und alles in der Welt verantwortlich. So traten manche, die eigentlich den Menschen den Weg zu Gott weisen sollten, in Konkurrenz mit diversen Sozialvereinen und ihrer ‚Sozialindustrie'.

In weiterer Folge hielten sich manche Vertreter der Kirchen nicht an die Gebote, die sie predigten. Oft erzählten sie nur nette, fromme Geschichten, die die Bevölkerung erfreuten. Die Zuhörer gingen dann glücklich nach Hause und freuten sich über einen angenehmen Sonntag. Es gab zwar Gläubige, die diesen Weg ins Unheil nicht gingen, aber sie waren in der Minderheit und wurden in den Medien, aber auch in kirchlichen Kreisen schlecht gemacht. Einsame Rufe waren die Stimmen dieser Menschen in den geist- und seelenlosen Betonwüsten, denn ihre Worte wurden nicht gehört. Damit verloren die etablierten Kirchen ihre Bedeutung für die Entwicklung der Geschichte. Aber ich vermute", unterbrach Helmut seinen Redefluss, „dass diese Gedanken dich ermüden, denn für dich gibt es Wichtigeres, vor allem welchen Lebensweg du gehen willst. Ich lade dich für nächsten Dienstag zu unserem Hauskreis ein, vielleicht kommst du dort den Antworten, die du dringend brauchst, näher."

Als sie wieder zum Auto zurückgingen, schwiegen sie die meiste Zeit. Helmut war der Meinung, dass er vielleicht schon zu viel geredet hatte und er Felix Zeit zum Nachdenken geben müsse. Aber so dachte er an den Ausspruch „Wenn das Herz voll ist, dann geht der Mund über" wie es in der Bibel heißt. Aber er wusste, dass ein Mensch Zeit brauchte, um abzuwägen, ob er den strengen Weg zu gehen bereit war, oder ob er lieber dem Zeitgeist, einer Religion oder Ideologie folgen wollte. Auch Novak war schweigsam geworden, obwohl es noch viele Fragen gab, die ihm am Herzen lagen. Auch während der Heimfahrt tauschten sie nur wenige Worte aus und nachdem sie zu Hause angekommen waren, ging Felix sofort auf sein Zimmer. Dort wartete bereits eine Menge Arbeit auf ihn, denn mehrere Anfragen waren genau und ausführlich zu bearbeiten. Die Zeit schritt voran, aber der Neuanfang für den Aufbau der Gesellschaft hielt nicht damit Schritt. Auch der Austausch mit seinen Kollegen, die ebenfalls wenige Fortschritte meldeten, ließ ihn nicht mit großer Hoffnung in die Zukunft blicken.

Novak war sich sicher, dass dies nur eine kurze Nacht für ihn bedeuten konnte, denn er musste noch einige E-Mails schreiben und ausführliche Berichte verfassen. Daher blieb er nur kurz zum Abendessen und informierte Schubert über die neuesten Nachrichten, die er eben erst erhalten hatte.

Der Hauskreis

Am nächsten Dienstag fuhren die beiden neuen Freunde, denn so sahen sie sich bereits, gemeinsam zum christlichen Hauskreis. Helmut erklärte Felix, wie der Abend ungefähr ablaufen würde. Einer aus der Gruppe würde abwechselnd die Leitung innehaben. Dieser las einen Abschnitt aus der Bibel und leitete dann das Gespräch, an dem sich alle beteiligen konnten und achtete darauf, dass es nicht ausuferte und die Gedanken nicht in irgendwelche Nebensächlichkeiten abglitten. Schubert stellte Felix die heutige Leiterin, Frau Almute Berger, vor. Sie war eine hübsche, stattliche Frau, die sicher wusste, was sie wollte. Novak fühlte sich sofort zu ihr hingezogen. Nachdem sich alle Anwesenden vorgestellt hatten, begann Almute aus dem Johannesevangelium (Kap. 14:23 ff) zu lesen:

„Wer mich liebt wird meine Gebote halten.
Mein Vater wird ihn lieben und wir werden
zu ihm kommen und bei ihm wohnen.
Wer mich aber nicht liebt, der hält meine Gebote nicht.
Meine Worte kommen nicht von mir selbst,
sondern vom Vater, der mich gesandt hat."

Almute Berger gab eine kurze Einleitung darüber, dass die Liebe zu Gott untrennbar mit dem Gehorsam Seinen Geboten gegenüber verbunden ist. Das hatte er bereits vor einigen Tagen von Helmut gehört, aber trotzdem schienen ihm diese Worte wieder ganz neu. Dann wies Almute darauf hin, dass Jesus nicht bloß ein frommer Lehrer gewesen sei, der sich diese Gedanken zusammengereimt hatte, sondern dass durch Christus, der selbst Gott ist, dieser zu den Menschen sprach. Sie gab noch einige einführende

Erklärungen zum Bibeltext ab, danach ermunterte sie alle Zuhörer, sich am Austausch zu beteiligen und vielleicht Erlebnisse aus dem Leben mit Gott zu teilen, um andere auf ihrem christlichen Lebensweg zu ermuntern. Nach gut einer Stunde, in der sich viele am Gespräch beteiligt und aus ihrem Leben erzählt hatten, fasste sie die verschiedenen Gedanken zusammen. Felix, der eifrig zuhörte, musste immer zu Almute hinübersehen, denn er fand sie außerordentlich hübsch und wollte sie gerne kennenlernen.

Nach einer Gebetszeit, in der man die verschiedensten Anliegen vor Gott brachte, öffnete Almute nochmals ihre Bibel und begann erneut zu lesen (Matthäus 11:25):

> *„Vater, o Herr des Himmels und der Erde, ich danke dir,*
> *dass du die Wahrheit vor denen verborgen hast,*
> *die sich selbst für klug und weise halten.*
> *Ich danke dir, dass du sie stattdessen denen enthüllst,*
> *die es wie Kinder aufnehmen."*

Damit war der offizielle Teil des Hauskreises beendet. In Gruppen stand man beieinander und besprach persönliche Dinge. Einige Teilnehmer verabschiedeten sich bald, andere blieben noch. Da Helmut noch einige Angelegenheiten zu regeln hatte, dauerte es länger, bis sie nach Hause fuhren. Als sich Felix von Almute verabschiedete, blieben seine Blicke länger an ihr haften und sie spürte dies sofort. Sie überspielte die Situation mit einigen Allgemeinplätzen und schließlich mahnte Helmut zum Aufbruch. Auch ihm war nicht entgangen, dass Novak ein besonderes Interesse an Almute hatte. Auf der Heimfahrt sprachen sie wenig über den Abend, aber Helmut merkte, dass Felix das Gehörte innerlich beschäftigte, auch wenn er dies zu verbergen suchte. Er ging auf sein Zimmer, aber er fand keine Ruhe, sich mit seiner Arbeit zu beschäftigen. Er hing seinen Gedanken nach, während er auf den Schlaf wartete, der aber nicht kommen wollte. Vieles von dem, was besprochen worden war, hatte er in dieser Form noch nie gehört. Seine Gedanken kamen und gingen, wie sie wollten und sein Inneres war aufgewühlt. Er konnte sich nicht erinnern, wann es ihm das letzte Mal so ergangen war. Natürlich musste er an die Worte der Bibel denken, an die Beiträge der Anwesenden, die ihn übrigens sehr herzlich aufgenommen hatten, und was diese Gedanken für ihn bedeuteten. Denn es war Novak klar, dass das heute Abend Gehörte sein bisheriges Leben ins Wanken bringen konnte. Er dachte aber auch an Almute, ihre herbe Schönheit und seine Gefühle für sie. Schließlich kam er zu dem Schluss, dass er beide Angelegenheiten strikt auseinanderhalten und getrennt durchdenken müsse. Felix erinnerte sich aber auch an seinen Urgroßvater Erwin, dessen Name aus dem zentralen Melderegister gestrichen worden war, nachdem man ihn hingerichtet hatte. Schäfers Söhnen wurde der Name Novak zugeteilt und sie mussten sich zum Stillschweigen über das Verbrechen verpflichten. Den Urenkel nannte man dann in späterer Zeit Felix und hoffte dabei auf glücklichere Zeiten, die es vielleicht wieder einmal geben würde. Dieser Nachkomme dachte nun an Schäfers „Manifest", als er gedankenschwer im Bett lag.

Novak erinnerte sich an den Bericht, wie sein Vorfahre in seinen jungen Jahren zum Glauben an Jesus Christus gefunden hatte. Und an das Wort aus der Heiligen Schrift: „Niemand hat Gott je gesehen. Doch sein einziger Sohn, der selbst Gott und dem Herzen des Vaters ganz nahe ist, hat uns von ihm erzählt." Und es war Felix bewusst, wie sein Großvater seinen Weg mit Jesus Christus gegangen war. Erwin war dankbar für Menschen gewesen, die ihn auf seiner Reise mit Rat und Tat unterstützt hatten, aber für seine Beziehung zu Gott hatte er keinen menschlichen Mittler gebraucht. Jesus Christus, der Anfänger und Vollender seines Glaubens, war ihm genug. Jede Menge Gedanken bestürmten Felix in dieser Nacht, in der er lange keine innere Ruhe fand. Diese stellten sich erst ein, als er aufstand, sich niederkniete, Jesus in sein Herz aufnahm und durch Gottes Heiligen Geist zu einem neuen Menschen wurde. Den Gedanken an Almute schob er beiseite und wollte sich am nächsten Tag über seine Gefühle klarwerden.

Als sich Helmut und Novak beim Frühstück trafen, erzählte ihm Felix sofort von seiner Entscheidung der gestrigen Nacht. Schubert freute sich riesig darüber und sie dankten beide im Gebet für die Führung Gottes. Während des Essens war es Novak, der die Stille unterbrach und zu reden begann: „Ich muss dir sagen, dass ich beim gestrigen Hauskreis starke Gefühle für Almute empfunden habe." „Ich kann dir keine großen Hoffnungen machen", erwiderte Schubert, „Almute ist verwitwet und soweit ich sie kenne, denkt sie an keine neue Beziehung und ich kenne sie eigentlich ganz gut, immerhin ist sie meine Schwester. Aber wenn es dir recht ist, werde ich über deine Empfindungen mit ihr reden. Was sie dazu sagen und wie sie sich dann verhalten wird, ist ungewiss. Aber wie schon eingangs erwähnt, ich würde mir keine großen Hoffnungen machen." Die beiden Freunde unterhielten sich noch länger über Novaks neues Leben und Helmut gab ihm ein paar Tipps, für den Anfang in der Nachfolge Jesu Christi. Vor allem legte er ihm ans Herz, sich eine christliche Gemeinschaft zu suchen, die sich nur an der Bibel orientierte, um seinem Leben Richtung und Halt zu bieten.

Der Aufstand und seine Folgen

Sie hatten noch nicht lange miteinander geredet, als Novaks abhörsicheres Handy läutete. Er war sich sicher, dass der Anrufer ihm ein schwerwiegendes Problem mitteilen wollte. Er ging aus der Küche und hob ab. Das Anliegen war nicht nur schwerwiegend, sondern auch unheimlich bedrückend. Im südöstlichen Teil des Kontinents waren schwere Unruhen ausgebrochen, um das „System" wiederherzustellen. Stark bewaffnete Truppenverbände, besser gesagt Unruhestifter und Aufständische, hatten die Macht in jenem Staat an sich gerissen, in welchem gleich nach dem Umbruch Aufruhr herrschte. Panzerverbände hatten das Regierungsgebäude umstellt und die staatliche Fernseh- und Rundfunkanstalt wurde von den Aufständischen in ihre Gewalt gebracht, von wo aus sie die Bevölkerung aufriefen, sich ihnen anzuschließen. Jahrelange Bemühungen und Erfolge schienen damit in Frage gestellt, nachdem die böse „Krake" wieder ihre Fangarme ausgestreckt hatte. Fürs Erste galt es nun Ruhe zu bewahren, auch wenn dies abgedroschen und wie eine hohle Phrase klang. In solchen gefährlichen Zeiten war dies meist die erste Forderung, danach folgten erfahrungsgemäß nichtssagende Kommentare und schließlich die Zusage, dass man die Lage unter Kontrolle habe. Aber der Anrufer konnte ihm nicht sagen, wie sich die Lage derzeit in den Unruhegebieten abzeichnete. Nur, dass die Veränderungen dort oberflächlich gewesen waren und das Böse sich die Maske der Täuschung heruntergerissen hatte und sein wahres Gesicht zeigte. Was zu dieser Änderung geführt hatte, konnte noch nicht erklärt werden, dazu brauchte es noch größere Untersuchungen.

Felix informierte kurz Helmut und rief dann den Präsidenten seines Landes an, um von ihm genaue Instruktionen zu erhalten, wie er weiter vorzugehen hatte. Mit diesem, den man dafür extra aus einer Krisensitzung geholt hatte, wurde Novak sofort verbunden, nachdem er die Kanzlei erreicht und seinen Code genannt hatte,. Felix erhielt weitere Neuigkeiten zu dem ausgebrochenen Konflikt und wurde ersucht, die Sitzung abzuwarten. Danach würde ihn der Präsident zurückrufen. Er begann vorsichtshalber seinen Koffer zu packen und gab Helmut weitere Informationen, soweit es seine Verschwiegenheitspflicht erlaubte. Kaum hatte Novak das Gespräch beendet, rief die Kanzlei des Präsidenten an und übermittelte ihm den Auftrag, sofort ins Krisengebiet aufzubrechen. Von dort sollte er mehrmals am Tag – und wenn es sein musste, auch in der Nacht – über die laufenden Entwicklungen berichten. Helmut brachte Felix zu einem kleinen Sportflugplatz, wo sie sich herzlich voneinander verabschiedeten. Dort stieg er in eine bereits vollgetankte Cessna Skyhawk, die ihn mit nur einem Zwischenstopp ins Krisengebiert brachte. Als sie sich diesem näherten, bekam das Flugzeug Begleitschutz von zwei Kampfflugzeugen. Die Unterbrechung, um das Flugzeug aufzutanken, wäre normalerweise nicht nötig gewesen. Aber der Pilot wollte genug Treibstoff im Tank haben, um sofort wieder umkehren zu können, falls es die Sicherheitslage erforderte.

Nachdem sie auf einer gesperrten Autobahn gelandet waren, stieg Felix aus. Das Autobahnstück lag circa fünfundsiebzig Kilometer vom Zentrum der Kämpfe entfernt. Novak stieg in den bereits bereitstehenden Schützenpanzer um, um so nahe wie möglich zu den Kampfhandlungen gebracht zu werden. Er erfuhr, dass das Parlament inzwischen von den Aufständischen eingenommen und der Präsident ins Hinterland geflüchtet war. Von dort aus wollte er den Aufstand niederschlagen. Das gepanzerte Fahrzeug brachte Felix fürs erste in ein provisorisches Befehlszentrum, das nur wenige Kilometer außerhalb der Hauptstadt lag. Einige der Befehlshaber, die den Aufstand niederschlagen sollten, waren bereits im Gebäude versammelt. Man gab Novak eine halbe Stunde Zeit, sich frisch zu machen, einen Kaffee zu trinken und einen kleinen Imbiss zu sich zu nehmen. Die kurze Zeit verging wie im Flug und Felix fand sich bei den Kommandeuren, die sich in einem größeren Saal versammelt hatten, ein. Sie gaben umfassende Berichte von der derzeitigen Lage an den verschiedenen Abschnitten der Kampfhandlungen. Natürlich waren ihre Zusammenfassungen nicht einheitlich, da sich die Kämpfe nicht einheitlich entwickelt hatten. Aber die Befehlshaber waren sich einig, dass sie den Aufstand in drei bis vier Tagen niederschlagen würden.

Nach ihren Erörterungen fuhren die Kommandeure wieder an die Front und luden Novak ein, sich dort hinzubegeben, um sich selbst ein Bild machen zu können. Bisher war es gelungen, die Medien aus dem Geschehen herauszuhalten. Sollte dies auf Dauer nicht möglich sein, wollte man ausgewählte Reporter bei ihren Recherchen begleiten, um ihren Schutz zu gewährleisten. Felix war froh, sich auf sein Zimmer zurückziehen zu können. Nachdem er den ersten Bericht in die Heimat geschickt hatte, ging er in die Cafeteria, um zu Abend zu essen. Als er wieder auf seinem Zimmer war, versuchte er seine Gedanken in klare Bahnen zu lenken. Was war nicht alles in den letzten Tagen geschehen: Sein Leben hatte eine neue Richtung bekommen, er hatte sich in eine Frau verliebt und dann noch das Aufbegehren des alten „Systems". Das Neue hatte einen Rückschlag erlitten und es war schwer zu sagen, wann es sich davon wieder erholen würde. Nachdem er einen weiteren Abschnitt im Johannesevangelium gelesen und gebetet hatte, legte er sich aufs Bett und dachte an Almute. Immer wieder malte er sich ihr Gesicht vor Augen und hing seinen Träumen nach. Aber nach dem Gespräch mit Helmut machte er sich keine großen Hoffnungen. Er wollte daher die Gedanken an sie aus seinem Kopf verbannen, was ihm aber nicht gelang.

Der nächste Tag verging hauptsächlich damit, dass Novak die verschiedenen Frontabschnitte besuchte. Stündlich lieferte er Berichte an die Kanzlei des Präsidenten. Aber es zeigte sich bereits am dritten Tag, dass die Kämpfe abflauten und die Aufständischen bereits Terrain verloren. Der Präsidentenpalast war wieder zurückgewonnen und viele Gefangene gemacht worden. Aus den benachbarten Staaten waren schwere Waffen eingetroffen, die ein rasches Vorgehen gegen die Aufständischen ermöglichten. Am Abend telefonierte er mit Helmut und berichtete ihm von den Ereignissen, soweit er durfte. Dieser erzählte ihm, dass er bereits mit seiner Schwester gesprochen hatte und Almute einem Treffen nicht abgeneigt war. Aber ihre Gefühle, geschweige denn ihre Absichten, hatte sie nicht preisgegeben. Weiters fragte Schubert Novak, ob es denn nicht ratsam wäre, nach seiner Ankunft die drei alten Prätorianer einzuladen, um mit ihnen darüber zu reden, wie die neu aufgebrochenen Wunden wieder geheilt werden könnten. Felix versprach, dies in seine Überlegungen mieteinfließen zu lassen. Am nächsten Tag informierte er diese über seine Absichten und versprach ihnen, sie gegebenenfalls mit einem Dienstauto abholen zu lassen. Die drei gaben ihm zu verstehen, dass sie sich die Angelegenheit überlegen und einen gemeinsamen Entschluss fassen würden. Diesen würden sie ihm am nächsten Tag mitteilen.

Dies taten sie dann auch mit einer E-Mail, in der nur zwei Worte standen: „Wir kommen." Dieser Tag begann mit einer weiteren guten Nachricht, die er sofort an die Kanzlei in der Heimat weiterleitete. Auch berichtete er Wolfgang vom Entschluss der drei alten Herren. Er traf die notwendigen Vorbereitungen dafür und bat Schubert, sich um die Unterkünfte für die drei zu sorgen. Weiters erzählte er ihm von den Neuigkeiten: der Aufstand war wie vorausgesagt zusammengebrochen und nun galt es die Scherben aufzusammeln. Felix erhielt von der Kanzlei den Auftrag, noch zwei weitere Tage im Krisengebiet zu bleiben, um ausführlich über das Ende der Erhebung zu berichten. Er sollte sich dabei der Medien bedienen, dies war ein ausdrücklicher Befehl. Novak informierte den Oberbefehlshaber der staatlichen Truppen und bat ihn, eine Verbindung zu den Medien herzustellen. Es sollte vorher alles mit den Verantwortlichen abgesprochen werden, um Probleme zu vermeiden.

Novak blieb noch zwei weitere Tage an der zusammengebrochenen Front und nachdem täglich eine Stunde live über die zurückliegenden Ereignisse berichtet worden war, hatte er seinen Auftrag erfüllt. Felix wusste, dass die anstrengenden Tage noch nicht vorbei waren, denn für ihn standen große persönliche Entscheidungen bevor. Wie würde es mit seinem Leben weitergehen? Welche neuen Aufgaben warteten auf ihn und wie würde das Zusammentreffen mit Almute verlaufen? All das ließ seine Gedanken nicht zur Ruhe kommen. Am meisten beunruhigte ihn die Frage, was denn seine Entscheidung, Jesus Christus nachzufolgen, in der Praxis, im täglichen Leben, bedeutete. Denn eines hatte er erkannt, nämlich dass ein christliches Leben nicht nur eine einmalige Entscheidung ist, sondern dass es sich in den täglichen Entscheidungen und Handlungen widerspiegeln muss. Der Lackmustest für seine Liebe zu Gott würde in seinem Gehorsam gegenüber Christus bestehen. Institutionelles und oberflächliches Christentum würde nicht reichen. Aber so hatte er den Hauskreis nicht erlebt. Almute – und schon wieder musste er an sie denken – hatte das in ihrer Zusammenfassung des damaligen Abends klar gemacht.

Das gleiche Flugzeug, das ihn an den Ort des Aufstandes gebracht hatte, holte ihn auch wieder ab. Es war auch der gleiche Pilot, der ihn herzlich begrüßte. Nur war er diesmal am Flugplatz der Hauptstadt gelandet, denn die Erhebung war niedergeschlagen worden und die Sicherheit wieder hergestellt. Nachdem Novak verabschiedet worden war, stieg er mit kleinem Gepäck in die Maschine, die kurz darauf abhob und ihn in die Heimat brachte. Während des Heimflugs rief ihn der Präsident seines Landes persönlich an. Er ersuchte Felix, sofort nach der Landung ins Parlament zu kommen, um den Abgeordneten von seiner Mission zu berichten. Nach seiner Landung außerhalb der Hauptstadt wurde er vom Chauffeur des Staatsoberhauptes abgeholt und in ein Hotel gebracht. Dort machte er sich frisch, wechselte seine Kleider und erschien dann im Parlament. Novak hatte sich während des Fluges Notizen über den Aufstand gemacht, aber den Bericht seiner Erlebnisse während des Aufruhrs hielt er größtenteils aus dem Stegreif. Trotzdem hörten ihm die Abgeordneten erstaunlich diszipliniert zu, was bei manchen Sitzungen nicht der Fall war. Oftmals spielten sie mit ihren Handys herum, guckten Luftlöcher oder fielen durch unqualifizierte Unmutsäußerungen, die nicht selten zu einem Ordnungsruf führten, auf. Aber diesmal war es ganz anders. Fast hätte man die berühmte Stecknadel fallen hören können. Nach circa vierzig Minuten Rede stellten die Anwesenden nach einer kurzen Kaffeepause ihre Fragen, die Felix umfangreich und detailgetreu beantwortete.

Endlich, nach zwei Stunden, war die Parlamentssitzung vorbei. Der Präsident dankte Novak und lud ihn und einige Minister zu einem Nobelheurigen ein, wo bereits ein kleiner Raum reserviert worden war. Wein und Mineralwasser standen bereit und während sie sich niedersetzten, wurde ein warmes Buffet aufgebaut. Es gab Schweinsbraten, Schnitzel, gebackenes Gemüse und Beilagen. Vor dem Essen bat der Präsident um kurze Aufmerksamkeit. „Nachdem, was wir eben gehört haben", begann er seine Rede, „ist es notwendig die Ereignisse im Südosten des Kontinents aufzuarbeiten, um die richtigen Schlüsse daraus ziehen zu können. Denn weitere solche Aktionen des alten Geistes und des bösen Systems dürfen sich nicht mehr ereignen." Dann berichtete er, welche Fortschritte in Richtung Freiheit und Wohlstand bereits gemacht worden waren und wies nochmals darauf hin, dass es zu keinen weiteren Rückschlägen mehr kommen dürfe. Nach gut zehn Minuten wurde das Buffet eröffnet, das allen Geladenen herrlich mundete. Im kleinen Kreis stellten sie nun neuerlich Fragen an Felix, um weitere Einzelheiten zu erfahren. Als alle zu später Stunde im Aufbruch begriffen waren, nahm der Präsident Felix zur Seite und fragte ihn unverbindlich, ob er sich vorstellen könnte, ein Ministeramt zu übernehmen, denn der Innenminister wollte sein Amt in Kürze zurücklegen und er suche eine geeignete Person für diese Position. Er bat Novak, nächste Woche für ein Gespräch zur Verfügung zu stehen und er solle sich einen Termin mit seinem Sekretär ausmachen, bat das Staatsoberhaupt Felix. Nachdem der Termin vereinbart worden war, brachen auch die letzten Gäste auf. Novak wurde ins Hotel gebracht und fiel in einen tiefen Schlaf.

Almute

Zeitig am nächsten Morgen fuhr Felix mit einem Leihwagen zu Helmut. Dieser hatte ihn schon sehnsüchtig erwartet, denn Novak hatte sich bereits telefonisch bei ihm gemeldet. Nach seiner Ankunft in Schuberts Haus musste er über alle Einzelheiten seiner Reise berichten. Er gab Schubert einen ausführlichen Bericht, ohne dabei seine Geheimhaltungspflicht zu verletzen. Aber was er ihm erzählen konnte, war schon genug und dauerte mit kurzen Unterbrechungen zwei Stunden. Dann konnte Schubert seinen Freund mit einer Ankündigung überraschen. „Ich habe", so sagte er, „nochmals mit Almute über dich gesprochen. Meine Schwester wäre bereit sich mit dir zu treffen, natürlich ganz unverbindlich. Wenn du magst, sollst du nächsten Dienstag wieder zum Hauskreis kommen und mit ihr reden." „Ja, Dienstag ist möglich", antwortete Novak, „aber nächsten Donnerstag habe ich einen Termin beim Präsidenten. Ich komme gern zum Hauskreis, nicht nur wegen Almute, aber auch wegen ihr." Ganz freudig kamen die Worte von seinen Lippen und Helmut sagte zu, dass er seine Schwester darüber informieren werde. Und so kam es auch. Wieder wurde er herzlich von den Anwesenden empfangen. Die Leitung hatte diesmal ein anderer aus dem Kreis übernommen und nach dem Lesen eines Bibelabschnittes und eines Austausches über den Text, an dem wieder fast alle teilnahmen, war der offizielle Teil zu Ende. Felix hatte ein mulmiges Gefühl, als er sich Almute näherte. Als sie seine Unsicherheit bemerkte, übernahm sie die Führung des Gesprächs, was sie behutsam meisterte. Die beiden machten sich einen Termin für den nächsten Tag aus und wollten sich in einer Kunstgalerie in der nächsten größeren Stadt treffen.

Sie hatten sich für fünfzehn Uhr verabredet, aber Almute saß bereits zwanzig Minuten vorher im Café der Galerie. Sie blätterte in dem Ausstellungskatalog, als Felix einige Minuten nach fünfzehn Uhr eintraf. Novak entschuldigte sich für sein verspätetes Erscheinen, indem er darauf hinwies, dass er sich auf das Gespräch mit dem Präsidenten vorbereitet und die Zeit übersehen hatte. Helmuts Schwester nahm die Entschuldigung an, trank ihren Kaffee aus und machte sich mit Felix auf den Weg, um sich die Bilder der Galerie anzusehen. Die Künstler waren allesamt bisher nicht in der Öffentlichkeit bekannt und die beiden hatten keine Ahnung, was sie erwartete. Novak erfuhr jetzt zum ersten Mal, dass Almute Professorin für bildende Kunst an einem Gymnasium war. Ihr Wissen und Kunstverständnis stellte sie gleich zu Beginn des Rundgangs unter Beweis, indem sie verschiedene Bilder kommentierte. Die Ausstellung bestand aus drei Teilen: Der erste Abschnitt war religiösen Motiven vorbehalten, der zweite war den Themen Geschichte und Philosophie gewidmet und der dritte Teil zeigte Bilder, die sich mit dem Thema Natur beschäftigten.

Sie waren noch nicht weit gekommen, da fielen ihnen zwei Bilder vom gleichen Maler auf. Sie waren mit den Titeln „Dornenkrone" „und Weizenkorn" versehen. Sie waren eher abstrakt gehalten, obwohl man deutlich erkennen konnte, was sich der Künstler gedacht hatte. Da Almute den Maler von ihrem Beruf her persönlich kannte, erzählte sie zuerst aus seinem Leben und danach erläuterte sie seine Werke, so wie sie die Botschaft der beiden Bilder sah.

Weizenkorn

Felix konnte nicht viel dazu sagen, als dass er eher gegenständliche Bilder bevorzugte. Ihn hatte der Redefluss Almutes überrascht, denn er hatte sie bisher nicht als Frau vieler Worte erlebt. Sie riet ihm, die Bilder einfach auf sich wirken zu lassen, ohne zwanghaft eine Botschaft in ihnen sehen zu wollen.

Dornenkrone

Die Bilder in der zweiten Abteilung gefielen Novak besser, da sie gegenständlicher gehalten waren. Da konnte er ihre Botschaft vermuten, denn das, was Almute zuvor über das Auf-sich-Wirken-Lassen gemeint hatte, konnte er nicht ganz verinnerlichen. Besonders die Bilder über die Philosophie des Hedonismus waren klar und deutlich zu verstehen. Mehr gegenständlich waren auch die Bilder, die die Natur zum Thema hatten. Manche von ihnen wirkten wie Fotografien, gefielen aber Almute nicht, wie sie deutlich betonte. Felix war da anderer Meinung. Gemeinsam betrachteten sie ein Bild von der Toskana und eines, das einen einzelnen Baum darstellte.

Toskana

Einsamer Baum

In dem zweiten Bild, das einen kahlen Baum in einer leeren Landschaft zeigte, las sie die Einsamkeit des Menschen und seine Sehnsucht, aus dieser auszubrechen. Keine Hoffnung war in Sicht, so beendete sie ihre Ausführungen. Danach gingen sie ins Café zurück und stärkten sich. Als Almute fand, dass Felix der weiteren Ausführungen über Kunst müde war, wechselte sie das Thema. Novak hatte schon seit langem auf eine Pause gewartet, um ihr seine Gefühle mitzuteilen. Ohne sich das lange vorgenommen zu haben, machte er ihr gleich einen Heiratsantrag. „Ich habe eigentlich damit gerechnet und nach dem langen Gespräch mit meinem Bruder viel darüber nachgedacht", sagte sie. „Gib mir noch ein paar Tage Zeit, um darüber nachzudenken. Aber du musst ja sowieso morgen in die Hauptstadt. Ich mache dir einen Vorschlag", führte sie das Gespräch fort, „Unternehmen wir eine Kreuzfahrt, um über uns in Ruhe reden zu können. Getrennte Kabinen verstehen sich von selbst."
Mehr hatte Novak nicht erwarten können. Freudig stimmte er ihrem Vorschlag zu und sie vereinbarten, dieses Wochenende die Reise zu planen.

Der Minister

Novak erschien pünktlich zum Termin, den er mit dem Sekretär des Präsidenten vereinbart hatte. Er rechnete damit, dass es noch einige offene Fragen gab, die er zu beantworten hatte. Er war seine Reise an die Front noch einmal in Gedanken durchgegangen, um sich ja an alle Einzelheiten erinnern zu können. Das Staatsoberhaupt dankte Felix noch einmal für seine Ausführungen im Parlament und kam dann gleich auf den Punkt dieser Unterredung zu sprechen. Ohne lange Vorrede stellte er Novak die Frage, ob er bereit wäre, das Amt des Innenministers interimsmäßig bis zur nächsten Wahl zu übernehmen. Der derzeitige Minister war auf Grund seiner langwierigen Krankheit amtsmüde geworden und daher brauchte es einen Nachfolger. Zumindest wurde dies so in der Öffentlichkeit dargestellt. Novak sollte sich die Angelegenheit durch den Kopf gehen lassen und spätestens in einer Woche seine Entscheidung bekanntgeben. Felix war perplex, denn mit einer so weitreichenden Frage hatte er nicht gerechnet. Er konnte nicht verstehen, wieso er für dieses Amt in Betracht kommen sollte, nur weil er kurzfristig gute Arbeit in Südosteuropa geleistet hatte. Seine Berichte und Analysen waren auf dem ganzen Kontinent zu sehen und hören gewesen, aber nach Novaks Meinung hätte es dies ein anderer genauso gut gekonnt. Natürlich waren ihm auf Grund seiner bisherigen Tätigkeit Fakten bekannt geworden, die hilfreich für seine Analysen über die zukünftigen Entwicklungen waren. Nun musste er aber diese schwierige Entscheidung treffen.

Felix ersuchte den Präsidenten, die eine Woche bis zu seiner Entscheidung voll ausschöpfen zu können. Er wollte die Angelegenheit mit Helmut, aber natürlich auch mit Almute besprechen. Denn er sah sich außerstande, die verschiedenen Aspekte, die ein solches Amt mit Sicherheit mit sich brachten, alleine zu ergründen. Dass mit einem solchen Dienst gewaltige Veränderungen sein Leben umgestalten würden, stand für ihn außer Zweifel. Auch Almute, an deren Seite er sich gern sein weiteres Leben vorstellte, wollte er zu Rate ziehen. Eine solche Entscheidung betraf schließlich auch sie, das war ihm klar. Und Novak wollte sich auch ein, zwei Tage zurückziehen, um im Gebet diese Angelegenheit vor Gott und seinem Heiland zu bringen und um Führung zu bitten, denn er hatte in der kurzen Zeit seines christlichen Lebens bereits erkannt, dass er Gott in seinen Entscheidungen verantwortlich war und im Gehorsam Jesus Christus gegenüber sein Leben zu gestalten hatte. Außerdem brauchte er die Ruhe, um die Herausforderungen der letzten Zeit verarbeiten zu können. Daher ließ er sich sofort nach der Unterredung mit einem Dienstauto zum Bahnhof bringen, um schleunigst die Heimreise antreten zu können.

In seine Gedanken versunken erkannte er, dass er nun schon über zwei Monate, wenn auch mit Unterbrechung, bei Helmut zu Gast war. Diese Zeit war schnell vergangen, da sie sich als so aufregend und sein Leben verändernd gezeigt hatte. Er war froh, als er bei Schubert ankam. Als Felix diesem alles berichtet und nach Rat gefragt hatte, gab ihm Helmut den Rat, einmal abzuschalten und einen ausgedehnten Spaziergang zu unternehmen, was Felix auch umgehend in die Tat umsetzte. Da auch der Hund Snoopy froh war, Felix wieder zu sehen, nahm er ihn an die Leine und machte sich mit ihm auf den Weg. Snoopy tänzelte meist vor Novaks Füßen, denn er war überglücklich, dass er mitgenommen worden war. In den nächsten Tagen wollte Schubert ein ausführliches Gespräch mit Novak führen, und dazu wollte er auch die drei alten Prätorianer und Almute einladen. Da der Platz in seinem Haus für solch ein Gespräch mit mehreren Personen zu klein war, mietete er einen Saal im Gemeindezentrum. Dorthin ließ er zum festgelegten Termin belegte Brote und Getränke von einem in der Nähe ansässigen

Partyservice liefern. Endlich war es so weit für den Austausch und sie trafen sich am späten Nachmittag. Sie freuten sich alle darauf, einander wieder zu sehen und auf das gemeinsame Gespräch. Besonders Novak, den die Frage, ob er sein Amt annehmen sollte oder nicht, unaufhörlich seine Gedanken beschäftigte, war tiefst zufrieden. Denn er war sich nicht sicher, ob er sich als Christ mit Fragen der Macht und Gewalt auseinandersetzen sollte, beziehungsweise ob er solche Maßnahmen im Ernstfall auch anordnen konnte.

Helmut begann das Gespräch vorerst mit einem Vers aus dem ersten Johannesbrief (Kapitel 5, Vers 19): ‚*Wir wissen, dass jeder, der ein Kind Gottes geworden ist, nicht sündigt, denn der Sohn Gottes bewahrt ihn, und der Böse kann ihm nichts anhaben. Wir wissen, dass wir Kinder Gottes sind, und dass die Welt vom Bösen beherrscht wird.*' Man könnte einen ganzen Vortrag über diesen einen einzigen Vers und die darin enthaltene Wahrheit halten", begann Schubert, „aber ich möchte zwei Punkte herausgreifen, die Felix bei seiner Entscheidung helfen könnten. Der Apostel schreibt ganz klar darüber, dass unsere gefallene Welt mit all ihren politischen und wirtschaftlichen Systemen, ihren Religionen, Philosophien und Ideologien in der Hand des Bösen ist. Hier geht es nicht um ein abstraktes Böses, sondern um den Gegenspieler Gottes, der mit seinem System ‚Welt' genannt, die Menschen knechtet.

Diese haben sich daher unterschiedliche Formen ausgedacht, um Natur und Gott günstig zu stimmen. Von Menschen erbaute Häuser, in denen Gott angeblich wohnt und angebetet wird, Opfer, die man sich selbst ausgedacht hat, Gaben, die Gott oder die Götter – unter dem Motto ‚Ich gebe dir, damit du mir gibst' zufrieden stellen sollen –; die Liste der selbstersonnenen Werke ist fast endlos. Daher sind alle Religionen, auch die christliche, streng gesetzlich. Manche, die sich Christen nennen, es aber nicht sind, verehren kunstvoll hergestellte Kreuze, aber ein Leben im Gehorsam dem Gekreuzigten gegenüber, hassen sie. Sie erfinden besondere Tage oder Feste, das heilige Leben im Alltag aber verleugnen sie. Es genügt ihnen, in dem zu ruhen, was der Einzelne vor Gott leistet, die Ruhe, die Gott im Menschen bewirken kann, kennen sie nicht.

Das Festhalten an Traditionen, Riten und eingespielten Formen verhindert das Wachstum einer lebendigen Gotteserkenntnis, einer freien Gestaltung der äußerlichen Formen und das Erleben einer Inspiration durch Gottes Geist. Nimmt man den Religionen das Symbol, dann sind sie ohne Gott, zerstört man ihre Tempel, sind sie ohne Gottesnähe. Auch dem Christentum hat man die schöpferische Aktivität des Geistes genommen und diese durch eine äußerliche Frömmigkeit ersetzt. Liturgien, Riten, Umzüge und vieles andere mehr haben das Wirken des Heiligen Geistes ersetzt und alles plan- und erwartbar gemacht. Aber eine Frömmigkeit ohne das Wirken des Geistes Gottes und eine äußerliche Gottesweihe ohne ein Leben im Gehorsam und wahrer Liebe zu Gott werden weder in dieser Welt noch im Reich Gottes etwas ausrichten."

Die Pause, die Helmut nach diesen Worten einlegte, nutzten alle zur Stärkung und die drei alten Herren für Fragen an den Redner. Dieser entschuldigte sich dafür, dass er einen Monolog hielt und wies darauf hin, dass es nachher genug Zeit für Fragen und Gespräche geben werde. „Aber für solche will ich einen guten Ausgangspunkt legen", nahm Schubert seinen Vortrag wieder auf, „denn ich verstehe wirklich, dass sich Felix mit seiner Entscheidung schwertut. Aber der zweite Punkt ist der, dass Gott uns berufen hat, in dieser Welt zu leben, aber nicht von dieser Welt zu sein. Aber nur ein Mensch, der aus Gottes Geist geboren ist, kann ein solches Leben führen. Den Verlockungen dieser Welt widerstehen, sich die bösen Verhaltensweisen nicht aufdrängen lassen und Lebensmodelle, die irgendwelchen menschlichen Vorstellungen entspringen, nicht in sich aufnehmen, kann nur ein Mensch, der den Geist Gottes empfangen hat und in dem dieser im täglichen Leben wirkt. Daher ist es für einen Christen durchaus möglich, ein solches Amt anzunehmen und es in der Abhängigkeit von Gottes Wort auch auszuführen. Natürlich sind die Verlockungen groß, sich dieser Welt im Lebensstil anzupassen und einem Elitedenken zu verfallen, aber was dieses Amt betrifft, möchte ich mit einem Spruch, den ich hier sehr passend finde, meine einleitenden Worte beenden. Nämlich mit der Aussage, dass man die Bergpredigt nicht auf das Rathaus tragen könne. Das bedeutet meiner Meinung nach, dass ein Christ, der eine öffentliche Verantwortung trägt, nicht immer so handeln kann, wie er es in seinem persönlichen Leben sollte."

Auf Beispiele, die den letzten Gedanken erläutern sollten, verzichtete er, denn er war sich sicher, dass solche in den darauffolgenden Gesprächen zur Sprache kommen würden. Da die belegten Brote bereits in der ersten Pause verspeist worden waren, holte Schubert noch ein großes Tablett mit Süßigkeiten aus dem Auto. Sie sollten zur Stärkung für die nachfolgenden Gespräche, die sich bis kurz vor Mitternacht hinzogen, dienen. Ausführlich wurde das Für und Wider der Annahme einer solchen großen Verantwortung besprochen. Auch die drei Prätorianer beteiligten sich daran, aber mehr mit Fragen als mit Antworten. Vor allem waren sie an der Frage interessiert, ob sich eine Demokratie nach den Zehn Geboten, die durch Mose Vermittlung Gottes Volk offenbart worden waren, richten sollte. Da ergriff Helmut neuerlich das Wort und beantwortet ihnen die Frage. „Ich will nicht gleich mit Churchill beginnen", so fuhr er in seinen Ausführungen fort, „welcher meinte, dass die Demokratie eine schlechte Staatsform sei, er aber keine Bessere wisse. Denn", und dieser Überzeugung sei auch er, „die Demokratie ist immer ideologiegefährdet."

Es darf nicht sein, dass sich eine bestimmte Ideologie durch Mehrheitsbeschluss für das Zusammenleben durchsetzt, obwohl diese nicht für alle Menschen gleichsam gut ist. Denn die Demokratie gewährt nur, dass nicht nur einer oder eine kleine Gruppe, das Sagen im Staat haben. Sie bietet aber keine Rechtsgrundlagen für das Zusammenleben. Daher ist diese Staatsform nur in Verbindung mit rechtlichen Grundsätzen, die von der Mehrheit nicht angezweifelt werden, sinnvoll. Denn wenn das einzig Verbindliche in unserem Zusammenleben das Urteil der Mehrheit ist, dann sieht es schlecht mit unserer Gesellschaft aus. Da bieten sich natürlich die Zehn Gebote als bewährte Maßstäbe für den Rechtsstaat an, denn diese haben über Jahrtausende ein gedeihliches Zusammenleben gefördert. Deshalb fasste auch der Apostel Paulus in seinem Brief an die Christen in Rom (Kap. 13:8 ff) das Gebot der Nächstenliebe folgendermaßen zusammen: ‚*Wer den anderen liebt, hat damit das Gesetz Gottes erfüllt. Die Gebote gegen Ehebruch, Mord, Diebstahl und Begehren sind in diesem einen Gebot zusammengefasst: du sollst deinen Nächsten lieben wie dich selbst. Die Liebe fügt niemandem Schaden zu, deshalb ist die Liebe die Erfüllung von Gottes Gesetz.*‘

Die drei alten Prätorianer waren mit dieser Antwort zufrieden, waren aber die ersten, die aufbrachen und nach Hause fuhren. Dies war sicherlich ihrem hohen Alter geschuldet. Vorher hatten sie noch klar gemacht, dass der alte Geheimbund nie nach der Macht gestrebt, sondern diese nach Erreichung ihres Zieles abgegeben hatte. Die Befreiung von den Fesseln der Knechtschaft war eine Sache gewesen, den Neustart für eine bessere Zukunft zu legen, eine andere. Almute und Felix sprachen noch kurz miteinander und vereinbarten, sich am nächsten Tag zu treffen, um sich über ihr Reiseziel zu unterhalten. Danach brach auch sie auf. Helmut und Novak stellten die Teller und Tassen in eine Box, die am nächsten Tag von der Catering-Firma abgeholt wurde. Nachdem die beiden gebetet hatten, brachen auch sie auf. Felix war sich sicher, dass er keinen Schlaf finden werde. Und so war es auch. Bevor der Freund in sein Dachgeschosszimmer hinaufging, gab ihm Helmut noch ein Wort mit: „Falls du das Amt annimmst, wirst du die Welt nicht gerechter machen können, möglicherweise aber weniger ungerecht. Das sollte dir klar sein." Auch dieser letzte Satz war Novak keine Hilfe bei seiner Entscheidung, sondern verwirrte ihn noch mehr.

Der nächste Tag

Der nächste Tag begann fast so wie jeder andere in Felix' Leben. Nur, dass er diesmal zwei Tassen Kaffee brauchte, um wach zu werden. Er saß allein in der Küche und dachte an die vergangene Nacht zurück. Ein Blick auf die Uhr sagte ihm, dass es bereits zehn Minuten nach acht war und Helmut wahrscheinlich bereits früher gefrühstückt hatte. Ein Blick in den Geschirrspüler bestätigte seine Annahme. Da kam Schubert ins Haus, ging in die Küche und setzte sich an den Tisch, Novak gegenüber. Aber anstatt das Gespräch zu beginnen, wartete er auf Felix' Worte. Dieser aber ließ sich Zeit, ehe er zu reden begann. „Ich habe viele Sunden in der vergangenen Nacht nachgedacht und nur wenig geschlafen. Trotzdem bin ich zu dem Entschluss gekommen, das Amt anzunehmen. Ich habe an die Worte des Apostel Paulus gedacht, der gesagt hatte,*„dass ein jeder Christ sich der Regierung unterordnen soll. Denn alle staatliche Autorität kommt von Gott und jede Regierung ist von Gott eingesetzt. Dem Staat den Gehorsam zu verweigern beutet also, sich der von Gott eingesetzten Ordnung zu widersetzen' (Röm. 13:1 ff).*"' Helmut hatte genau zugehört und beglückwünschte seinem Freund zu seiner Entscheidung. „Und wenn man bedenkt, dass diese Aussagen während der Herrschaftszeit Neros getroffen wurden, dann bekommen sie umso mehr Gewicht, auch wenn sie für Christen zu allen Zeiten verbindlich sind", fügte er hinzu. „Denn Nero war wahrlich kein guter Herrscher, sondern ein zutiefst böser Mensch", ergänzte er noch.

„Und doch gibt es eine Einschränkung. Wenn der Staat Handlungen setzt, die den Geboten Gottes entgegenstehen oder verlangt, gegen den Willen Gottes, der sich am deutlichsten in den

Zehn Geboten offenbart, zu handeln, dann ist es nicht nur das Vorrecht, sondern auch die Pflicht der Christen, dagegen zu protestieren und Widerstand zu leisten. Christen sind im Besitz der Wahrheit, die in der Bibel niedergeschrieben wurde und durch den Heiligen Geist erkannt werden kann. Und Menschen, die Jesus Christus nachfolgen, werden die Heilige Schrift durchforschen und die erkannte Wahrheit durch Liebe in die Tat umsetzen." Diese Worte noch hinzuzufügen, war Helmut ein besonderes Bedürfnis.

Felix blickte auf seine Armbanduhr und schickte Almute eine E-Mail auf ihr Handy, da er nicht wusste, ob sie bereits unterrichtete. Er schlug ihr vor, sich heute Nachmittag zu treffen, um ihre gemeinsame Reise zu planen. Dann fasste er allen Mut zusammen und rief den Sekretär des Präsidenten an, um ihm seine Entscheidung mitzuteilen. Dieser verband ihn sofort mit dem Staatsoberhaupt, dem man seine Erleichterung anmerkte, als Felix seinen Entschluss darlegte. Nachdem er sich bedankt hatte, bat das Staatsoberhaupt ihn, nochmals einen Termin auszumachen, um die Angelegenheit persönlich zu besprechen. Die Unterredung wurde für Freitag nächster Woche festgelegt. Danach trank Novak seinen dritten Kaffee am Morgen, obwohl das für ihn ungewöhnlich war. Bevor er aufstand, um sich vor dem Haus die Füße zu vertreten, ging eine E-Mail auf seinem Smartphone ein. Es war Almutes Antwort. Felix nahm das Handy mit ins Freie und öffnete die Nachricht. Auch seine Freundin gratulierte ihm herzlich zu seinem Entschluss und schlug ihm ein Treffen in der Mittagszeit beim Griechen vor, da die ersten beiden Unterrichtsstunden am Nachmittag ausfielen. Novak sagte sofort zu und freute sich schon auf das gemeinsame Mittagessen.

Helmuts Hund hatte nur darauf gewartet, dass ihm jemand Aufmerksamkeit schenkte. Seine Leine hatte er bereits in seinem Maul und er wedelte freudig mit dem Schwanz, als er angeleint wurde. Felix brauchte Zeit für sich alleine, da war der Sparziergang mit Snoopy eine gute Abwechslung für den anstrengenden Tagesbeginn. Er ging den nahegelegenen Hügel hinauf und leinte den Hund ab. Dieser sprang freudig um Novak herum, als er die Freiheit spürte. Zur Belohnung gab es natürlich ein Leckerli für den Hund, das Felix noch in letzter Minute eingesteckt hatte und von Snoopy rasch verspeist wurde. Nach einer guten Stunde Wanderung drehte Felix um, ging zu Helmuts Haus zurück und zog sich um. Danach machte er sich auf den Weg zum Griechen, wo er, kaum hatte er Platz genommen, mit einem Gläschen Ouzo begrüßt wurde. Die Zeit bis zu Almutes Eintreffen nutzte er damit, ein Urlaubsprospekt durchzusehen, in dem die verschiedensten Kreuzfahrten angeboten wurden. Nachdem Almute im Restaurant eingetroffen war, bestellten sie das Mittagessen samt den dazu passenden Weinen.

Zum Nachtisch nahmen die beiden Kaffee und dazu süßes, traditionelles, griechisches Gebäck. Langsam kamen sie auf ihre Urlaubspläne zu sprechen. Im Prospekt wurden Reiseziele wie das östliche und westliche Mittelmeer, aber auch Reisen in die Karibik, angeboten. Almute zog eine Reise, die sich auf Europa beschränkte, vor und nach einigem Hin und Her entschieden sie sich für eine Kreuzfahrt, die sie unter anderem nach Dubrovnik führen sollte. Da sie beide noch nie diese Stadt besucht hatten, einigten sie sich auf diese Reise. Felix versprach das Organisatorische zu übernehmen, obwohl er sehr beschäftigt war und sich auf seine neue Aufgabe vorzubereiten hatte. Er tat dies nicht nur, weil er Almute entlasten wollte, nein – er hatte auch einen besonderen Plan. Da in drei Wochen die Schulferien begannen, wollten sie gleich zu deren Beginn reisen. Denn auch Novaks Amtsantritt war erst in zwei Monaten. Bei seinem nächsten Zusammentreffen mit dem Sekretär des Präsidenten, wollte er auch dieses Thema ansprechen. Felix sollte in diese Amtsperiode einsteigen und das Amt vorerst für drei Jahre ausfüllen. Danach musste sich die Partei einer Neuwahl stellen. Novak war als parteiloser Minister in die Regierung gekommen, was einigen Druck von ihm nahm.

Almute musste das Lokal bald wieder verlassen, um ins Gymnasium zurückzukehren. Felix fuhr in die nächste Stadt zu einem größeren Reisebüro. Dort holte er einige Angebote ein, bestand aber darauf, dass das Kreuzfahrtschiff unter maltesischer Flagge fuhr. Zuerst blickte ihn die Bürokraft fragend an, dann wechselte sie zu einem fröhlichen Lächeln, weil sie plötzlich verstanden hatte, was er vorhatte. Denn nicht auf allen Schiffen konnte der Kapitän eine Trauung vornehmen, aber die maltesische Flagge sicherte ihm dieses Privileg. Ohne darauf angesprochen zu werden, erklärte die Angestellte Novak, welche Dokumente für eine Trauung notwendig waren. Dabei lächelte sie wieder verschmitzt. Schließlich fand Felix noch zwei Restplätze für die geplante Reise. Von seinem Plan wollte er Almute noch nichts erzählen, sondern sie erst auf dem Schiff überraschen. Immerhin konnte er sich die notwendigen Kopien von den Dokumenten seiner zukünftigen Frau sicherlich im Ministerium besorgen.

Nachdem er eine Reiseversicherung abgeschlossen und Anzahlung geleistet hatte, verließ er das Reisebüro in freudiger Stimmung. Almute schickte er eine E-Mail, um sie von der Buchung in Kenntnis zu setzen. Danach gönnte er sich noch eine Melange in einer Konditorei, die in der gleichen Straße lag wie das Reisebüro. Einen etwas entfernt gelegenen Park nutzte er, um innerlich zur Ruhe zu kommen und seine Gedanken zu sammeln. Zu viel war in den letzten Wochen und Monaten auf ihn eingestürzt. Er musste die erlebten Ereignisse erst verarbeiten. Nach etwa zwei Stunden im Grünen begann ein Gewitter aufzuziehen. Ein kühler Wind frischte die Temperatur auf und Felix verließ schleunigst den Park Richtung Auto. Dort angekommen, setzte ein Platzregen ein, der von Blitzen und Donner begleitet wurde. Schnell stieg er ein und fuhr nach Hause. Denn in seinen Gedanken nannte er Schuberts Haus bereits so.

Die Kreuzfahrt

Am nächsten Tag rief er von zu Hause, besser gesagt von Helmuts Haus, den Sekretär des Präsidenten an. Dieser erkannte ihn bereits an der Stimme, er hätte sich gar nicht vorstellen brauchen. Mit ihm besprach er die Modalitäten der Amtsübergabe und erfuhr, dass er in den nächsten Tagen Unterlagen zugeschickt bekommen werde, die ihn auf sein Amt vorbereiten sollten. Felix war froh, dass er nicht sofort der Öffentlichkeit präsentiert wurde, denn der derzeitige Minister hatte bis jetzt immer noch nicht sein Amt zurückgelegt. Der Sekretär wies Novak darauf hin, dass er sich noch mit dem Staatsoberhaupt besprechen müsse und danach zurückrufen werde. Felix ersuchte ihn zum Abschluss des Gesprächs, die notwendigen Kopien von Almutes Dokumenten zu besorgen. Auch dies werde er mit dem Präsidenten besprechen, bestätigte ihn der Sekretär. Und so geschah es. Zehn Minuten nach dem Gespräch rief er zurück, und informierte Novak, dass der Staatschef mit der Vorgansweise einverstanden sei und der derzeitige Minister während Felix' Reise zurücktreten werde, um den Medien Zeit zu geben, die Bevölkerung auf den Ministerwechsel vorzubereiten.

Danach fuhr Novak in die Stadt, um sich einen neuen Anzug zu kaufen, den er gleich im ersten Geschäft erstand. Es machte ihm nämlich keinen Spaß, in mehreren Kaufhäusern danach zu suchen. Er entschied sich für einen hellblauen Sommeranzug. Ein dazu passendes Hemd und eine Krawatte, die die Verkäuferin aussuchte, erstand er gleich dazu. Er war sich sicher, dass Almute ihre Garderobe auf dem Schiff kaufen konnte, sofern sie nicht ein passendes Kleid in ihrem Koffer hatte. So ausgestattet setzte er sich für zwei Stunden in den Gastgarten eines Cafés, wo er auch eine Kleinigkeit zu Mittag aß. Eigentlich drängte es ihn in seinem Inneren, Almute von seinem Plan zu erzählen, konnte es aber jedes Mal, wenn sie sich trafen, verhindern, darüber zu reden. Da es in vielerlei Weise notwendig war, Vorbereitungen zu treffen, vergingen die nächsten drei Wochen wie im Flug. Felix und seine zukünftige Braut trafen sich natürlich öfters vor der Abreise und bei einem Heurigenbesuch erzählte sie ihm, dass sie bereits ihre Fühler ausgestreckt hatte, um in der Hauptstadt eine geeignete Arbeitsstelle zu finden. Novak sah dies als gutes Zeichen, von seinem Plan einer Hochzeit auf dem Kreuzfahrtschiff erzählte er immer noch nichts.

Endlich war es so weit. Felix mietete ein Auto, mit dem sie nach Triest fahren wollten. Zeitig in der Früh ging es los und am Ziel angekommen, suchten sie sich ein Hotel in der Altstadt, um am nächsten Vormittag die Stadt zu erkunden. Da sie erst ab 15.00 Uhr auf das Kreuzfahrtschiff konnten, hatten sie Zeit, einige Bauwerke zu besichtigen. Als erstes fuhren sie zum Castello di Miramare. Dieses war für Erzherzog Maximilian erbaut worden und diente nach dessen Tod als Sommerresidenz der Habsburger. Nach einer Führung durch das Schloss, das unmittelbar am Meer lag, besichtigten sie den weitläufigen Schlosspark. Danach ging es zum Castello di Duino, das auch einen Schlosspark, in dem wunderschöne botanische Raritäten wuchsen, bot. Das Schloss thront auf einer steilen Klippe am Meer und war ihnen vom Hotel besonders empfohlen worden. Die Besichtigung dieses Bauwerks verbanden sie damit, auf dem Rilkeweg zu wandern. Dieser bot unzählige Ausblicke auf die Bucht, die Klippen und das Meer. Viel mehr Zeit hatten sie nicht für Besichtigungen, da auch der Hunger in einem griechischen Restaurant gestillt werden musste. Beide aßen einen Teller mit Meeresfrüchten und dazu getoastetes Knoblauchbrot. So gestärkt brachten sie den Mietwagen zurück und nahmen ein Taxi zum Hafen. Da noch ein wenig Zeit bis zum Betreten des Schiffes war, setzten sie sich in ein Café, um Mocca zu bestellen. Auf eine Mehlspeise verzichteten sie.

Endlich war es Zeit zum Einsteigen. Es dauerte eine gute Stunde, bis alle Formalitäten erledigt und das Gepäck kontrolliert worden war. Zwischenzeitlich waren die Koffer in die Kabinen gebracht worden. Almute und Felix bezogen ihre Zimmer und nach einer kurzen Information, wie sie sich im Falle einer Katastrophe zu verhalten hatten, erkundeten sie gemeinsam das Schiff. Während Almute den Theaterraum, in dem sich auch eine Kunstgalerie befand, besichtigte, ging Novak zur Rezeption zurück. Er brachte dort sein Anliegen vor und bat um ein Gespräch mit dem Kapitän. Es wurde ihm zugesagt, dass dieser sich so bald wie möglich bei ihm melden werde. Und das tat er auch. Während Almute und Novak nach dem Abendessen in einem Café, von dem sie einen herrlichen Blick auf das Meer und die Lichter an der Küste hatten, saßen, bat der Kapitän Felix in sein Büro. Novak fuhr in seine Kabine, holte die notwendigen Unterlagen und begab sich zum Kapitän. Diesem erklärte er sein Anliegen, und bat ihn, die Trauung auf dem Schiff durchzuführen, sofern seine zukünftige Frau damit einverstanden wäre.

Der Herr über das Schiff schmunzelte und meinte, dass dies seine erste Trauung wäre. Felix übergab ihm die notwendigen Dokumente, musste einige Formulare ausfüllen und versprach dem Kapitän, ihn sofort nach einer positiven Antwort Almutes zu verständigen. Er begab sich danach wieder ins Café, wo seine zukünftige Frau ihn bereits erwartete. Um sich die Frage nach seinem Wegbleiben zu ersparen, rückte er sofort mit der Wahrheit heraus. Almute war sofort damit einverstanden und nachdem sie mit einem Glas Prosecco auf die Hochzeit angestoßen hatten, rief er im Büro des Kapitäns an. Dieser hatte eine Überraschung auf Lager. Er hatte einen Passagier gefunden, der Musiker und bereit war, die Hochzeitszeremonie auf dem Klavier zu untermalen. Besser hätte es nicht kommen können. Er bat die beiden, am nächsten Vormittag ins Büro zu kommen, um die Einzelheiten zu besprechen. Das stellte kein Problem dar, da sie für den ersten Tag der Reise keinen Ausflug gebucht hatten.

Der Schiffsführer empfahl ihnen, die Zeremonie auf der Reise zwischen Dubrovnik und Korfu einzuplanen. Er fragte das Brautpaar, ob es ihnen recht sei, die Trauung im Theatersaal durchzuführen und ob auch andere Gäste des Schiffes dabei sein durften. Mit dem Saal waren sie einverstanden, baten aber darum, nur eine begrenzte Anzahl von Gästen zuzulassen. Nachdem die Formalitäten erledigt worden waren, gingen die beiden in die „Geschäftsstraße", um ein Kleid für Almute auszusuchen. Zielstrebig ging sie in ein Geschäft, in dessen Auslage ein paar dezente Kleider angeboten wurden. Nachdem sie einige Kleidungsstücke in die engere Auswahl aufgenommen hatte, probierte sie ein Kleid in einem Blau, das zu Felix' Anzug passte. Da es sie wunderbar kleidete, entschied sie sich sofort dafür. Novak war von ihrer schnellen Entscheidung überrascht, denn er hatte sich auf einen eher langweiligen Vormittag eingestellt. Nach einem zweiten Kaffee an diesem Tag, buchten sie für den nächsten Reisetag einen Ausflug nach Dubrovnik. Da die Hochzeit erst für den Tag danach geplant war, hatten sie sich für diesen Stadtbesuch entschieden. Den restlichen Tag verbrachten sie im Pool, der sich am obersten Deck befand und einen herrlichen Blick auf das weite Meer bot. So wie Felix es liebte.

Sie sprachen lange über ihre gemeinsame Zukunft und freuten sich schon riesig darauf. Almute, die ursprünglich keine zweite Beziehung eingehen wollte, war bereits voller Ideen für ein gemeinsames Heim in der Hauptstadt. Novak bereitete sich in Gedanken und mit gemischten Gefühlen auf seine neue Aufgabe vor. Es war ihm bewusst, dass er erst langsam in seinen Dienst hineinwachsen musste, aber auf die Unterstützung von Helmut zählen konnte. Das und vor allem die Gewissheit, dass er auf die Hilfe Gottes vertrauen konnte, machten ihn zuversichtlich. Das zukünftige Ehepaar tauschte sich bis zum Abendessen aus. Nachdem sie sich umgezogen hatten, gingen sie in den Speisesaal, wo ein Fünf-Gänge-Menü auf sie wartete. Dort lernten sie auch den Musiker kennen, der versprach, die Trauung mit Werken von Bach und Ravel festlich zu untermalen. Sie dankten ihm herzlich für seine Mühe und luden ihn zu einem Festessen nach der Trauung in einem Themenrestaurant ein. Im griechischen Bordrestaurant bestellte Novak für den übernächsten Tag einen Tisch für die Mittagszeit. Nun schien es, dass alle äußerlichen Dinge geregelt waren, um die Hochzeit zu einem feinen, wenn auch kleinen Fest werden zu lassen. Die noch verbliebene Zeit bis zum Schlafengehen nutzten die beiden, um sich auf den morgigen Landgang in Dubrovnik vorzubereiten.

Nach dem Frühstück trafen sich die verschiedensprachigen Gruppen für den Ausflug im Theatersaal. Dort erfuhren sie die ersten Informationen, verließen das Schiff und stiegen in die bereits wartenden Busse ein. Diese brachten die Gäste in die Nähe der Innenstadt, wo die Fremdenführer bereits auf sie warteten. Almute und Felix schlossen sich der deutschsprachigen Gruppe an. Zu Fuß ging es in die autofreie Innenstadt mit ihren meist rotgedeckten Häusern. Nach einer kurzen Information über die Einwohnerzahl und Ausdehnung der Stadt besichtigten sie als erstes die Stadtmauern, die als das besterhaltene Befestigungssystem in Europa gilt. Diese Mauer überstand sogar die Belagerung durch serbische Truppen in den Jahren 1991 und 1992. Danach erkundeten sie die Altstadt mit ihren historischen Gebäuden. Auf die angebotene Besichtungungstour zu den verschiedensten Museen verzichteten sie gerne, sie wollten den Nachmittag, der zur freien Verfügung stand, anders nutzen. Sie fuhren mit der Seilbahn auf einen kleinen Berg, von dem aus sie einen herrlichen Blick auf Dubrovnik und seine Riviera hatten. Da sie das Mittagessen ausgelassen hatten, setzten sie sich in ein Café, um einige warme Snacks zu essen und Kaffee zu trinken. Die Zeit verging ihnen viel zu schnell, denn um 15:30 Uhr mussten sie wieder beim Bus sein.

Vor dem Abendessen ging Almute noch zum Friseur, den sie von Dubrovnik aus bestellt hatte. Da sie die Haare kurz trug, brauchte sie nicht lange dafür. Aber für diesen kurzen Besuch bezahlte sie einen stolzen Preis. Am nächsten Tag standen sie schon früh auf, brachten die Morgentoilette hinter sich und richteten sich das Gewand für die Zeremonie her. Nach dem Frühstück zogen sie sich um und gingen in den Theatersaal, wo bereits einige Zuseher warteten. Der Kapitän hatte ihre Anzahl auf zwanzig begrenzt und diese durch Losentscheid ausgewählt. Der Erlös wurde für ein kleines Geschenk für das Brautpaar verwendet. Pünktlich um zehn Uhr begann die Trauung, die der Musiker mit einem Werk von Johann Sebastian Bach einleitete. Man merkte dem Kapitän, der natürlich in seiner Uniform erschien, an, dass dies seine erste Trauung war. Er las alles vom Blatt ab, was dem feierlichen Rahmen aber keinen Abbruch tat. Das Ja-Wort leitete der Musiker mit einem Stück von Ravel ein. Nach dem schicksalsschweren Ja des Brautpaares hatten noch die Trauzeugen zu unterschreiben. Als das letzte Musikstück zu Ende war, erhielt jeder der zusehenden Gäste, das Brautpaar und die Akteure der Trauung ein Glas Sekt. Damit war der offizielle Teil beendet. Danach lud Felix den Kapitän und den Musiker in das griechische Restaurant zum Mittagessen ein. Den Rest des Tages verbrachte das Brautpaar in trauter Zweisamkeit. Viele Grüße gingen auf ihren Handys ein und vermehrten die Freude über den heutigen Tag.

Den nächsten Ausflug hatten die beiden ausgelassen und gingen erst wieder in Korfu von Bord. Eine Führung durch das bekannte Schloss auf der Insel und durch die Altstadt hatten sie nicht gebucht, sondern sie erkundeten die Stadt auf eigene Faust. Almute kannte das Schloss bereits und Felix hatte kein besonderes Interesse an dem Teil der Geschichte seines Heimatlandes, der mit diesem Bauwerk verbunden war. Die meiste Zeit verbrachten sie in der Nähe der Alten Venezianischen Festung und genossen den Blick aufs Meer. Damit war ihre Reise zwar noch nicht zu Ende, aber nun ging es nurmehr schnell nach Triest, von wo aus die frisch Vermählten mit einem Leihwagen zurück nach Hause fuhren. Auf seinem Smartphone las Novak die Nachricht, dass der derzeitige Innenminister zurückgetreten war und bereits nächste Woche sein Nachfolger vorgestellt werden würde.

Diese Nachricht holte Felix wieder in die raue Wirklichkeit zurück. Nach einer herrlichen Reise und einer Hochzeit der anderen Art musste er nun die Herausforderungen seines Amtes bewältigen. Wovor ihm am meisten graute, war, dass er sich als mehr oder weniger Unbekannter den Medien stellen musste. Die (a)sozialen Medien mit ihren Unterstellungen, Gerüchten und Halbwahrheiten fürchtete er noch viel mehr. Denn diesen war man fast schutzlos ausgeliefert und wer einmal angepatzt worden war, bekam den Schmutzfleck kaum mehr weg, wie sich später bestätigen sollte.

Das Amt

Novak hatte sich schnell eingearbeitet und lernte täglich von seinen Beratern. Bald hatte er erkannt, dass nicht er es war, der die Entscheidungen traf, sondern dass die Partei, der er sein Amt verdankte, kräftig an den Schrauben drehte. Er gehörte zwar keiner Partei an, war aber gezwungen, ihre Linie und Vorstellungen umzusetzen. Und es waren nicht nur die höchsten Entscheidungsträger, die den Ton angaben, sondern auch die Verantwortlichen in den Bundesländern meinten, ihren Beitrag leisten zu müssen. Und es waren nicht wenige Angelegenheiten, bei denen diese den Ton angaben. So entstand oft keine einheitliche Richtung, um ein bestimmtes Anliegen durchsetzen zu können, was manchmal zusätzlich Verwirrung in der Umsetzung von gefassten Beschlüssen stiftete. Auf Grund der oft veralteten Struktur des Landes, nannte man diese Landesfürsten oft auch „Gamsbartkaiser". Keine leichte Situation für einen Minister, der für die innere Sicherheit des Landes zuständig ist, hierbei die verschiedenen Interessen zu koordinieren. Die Partei, die Felix in sein Amt berufen hatte, hielt zwar die absolute Mehrheit im Parlament, aber auf Grund der negativen Erfahrungen, die man mit den Dark Ages gemacht hatte, war die Regierung von Vertretern aller Parteien gebildet worden. Dies sah man als einmalige Konstellation im Parlament an, denn nach den nächsten Wahlen sollte wieder das freie Spiel der politischen Kräfte walten.

Die nächsten Jahre zeigten sich als eine Zeit des Aufbruchs. Das Land erholte sich wirtschaftlich von den Folgen einer verfehlten Landwirtschafts- und Industriepolitik. Durch diese Aufbruchsstimmung kam es fortwährend zu Innovationen, die Klimapolitik und Wohlstand plötzlich nicht mehr als sich feindlich gegenüberstehend ansahen. Sowohl das Wohl der Menschen als auch seiner Umwelt standen auf der Agenda dieses neuen Denkens. Man bemühte nun nicht mehr Krösus aus der Antike als negatives Beispiel für eine wachsende Wirtschaft, einen König der plötzlich nichts mehr zu essen hatte, weil seine ganze Umgebung zu Gold geworden war; man richtete das Augenmerk auch auf das Wohl der Menschen, die Nahrung, Wohnung und Dinge, die das Leben erleichterten und schön machten, brauchten. Man hörte nicht mehr Kindern und Jugendlichen zu, die mit ihren träumerischen und naiven Vorstellungen, die Geschicke des Landes bestimmen wollten. Weltweit gesehen war das größte Problem nicht in erster Linie die Klimaveränderungen, sondern die Überbevölkerung der Erde. Auf zehn Milliarden war die Zahl der Menschen angewachsen, nur die für die Landwirtschaft benutzbaren Flächen waren gleichgeblieben.

Und noch immer gab es Menschen, die gezielte Empfängnisverhütung als ein Werk des Teufels betrachteten. Hier wäre das ironisch gemeinte Gebet *„Herr, lass es Hirn regnen"* angebracht gewesen. Diejenigen, die diesen Unsinn, dass Verhütung moralisch schlecht sei, verbreiteten, hätten vor ein internationales Strafgericht gehört, das war die Meinung vieler. Und es waren gerade die Menschen jener Länder, in denen schlechte Bedingungen für Ackerbau und Viehzucht und Misswirtschaft herrschten, die sich explosionsartig vermehrten. Daher war es nicht verwunderlich, dass Menschen aus diesen Ländern in die reicheren Kontinente strebten, um zu ernten, wo sie nicht gesät hatten. Aber irgendjemand hatte einmal gesagt – Novak wusste nicht mehr wer –, dass der, der halb Kalkutta aufnimmt, selbst zu Kalkutta wird. Diesen Herausforderungen sah sich Felix in seinem Amt gegenüber. Und das Schlimme war, dass es zu diesem Thema keine politische Einheit bei den regierenden Parteien gab. Novak stand unter dem Druck diverser NGOs, die für Massenmigration eintraten, aber keine Konzepte lieferten, wie dies zu bewältigen war. Auch kümmerten sie sich nicht darum, ob die Mehrheit der Bevölkerung sich so einem Szenario aussetzen wollte. Blind verfolgten diese Organisationen ihre Ideologie. Wie die inzwischen wieder erstarkte Wirtschaft darauf reagieren würde, zogen sie gar nicht in Betracht. Denn die Märchen von den gut ausgebildeten Arbeitskräften waren schon lange ausgeträumt.

Aber trotz dieser und anderer Schwierigkeiten bereiteten Felix seine Aufgaben Freude. Denn im Land ging es aufwärts. Es war fast so wie in den Jugendjahren seines Urgroßvaters in den 1970ern und 80ern, in denen jede Reform eine Verbesserung der Lebensumstände mit sich brachte. Und diese Verbesserungen brachten auch gesellschaftliche Veränderungen mit sich. Man hatte die alten Gleise verlassen und mehr Freiheit riskiert. Frauen durften jetzt, ohne den Mann zu fragen, berufstätig werden und waren nun nicht mehr auf den Haushalt fixiert. Maschineneinsatz in Haus und Küche erleichterten die täglichen Mühen und schufen mehr Freiraum. Einige Jahrzehnte ging diese Entwicklung so weiter, auch wenn die wirtschaftlichen Erfolge nicht mehr so üppig ausfielen. Aber dann änderten sich die Zeiten und die neugewonnene Freiheit endete stufenweise in einer Sprach-, Gesinnungs- und Ökodiktatur. Der Feminismus brachte die Balance zwischen Mann und Frau aus dem Lot, und das Gendern zerstörte die schöne Sprache im Alltag. Sprachliche Einschränkungen wurden zum Zwang, und wer sich nicht beugte, der wurde mit einem Bann der Gesellschaft belegt. Dies nicht zu akzeptieren, kostete damals seinem Urgroßvater das Leben. Daher war es eine der Aufgaben des Innenministers, darauf zu schauen, dass sich solche Fehlentwicklungen nicht wieder einschleichen konnten.

Bald ging Novaks erste Amtszeit zu Ende und es war Zeit für Neuwahlen. Die ersten Wahlen, bei denen die Parteien wieder als Konkurrenten auftraten. Im Wahlkampf zeigte sich erstmals, dass die Menschen nicht wirklich etwas dazu gelernt hatten. Der Konkurrenzkampf zeigte sich in ungerechtfertigten Anschuldigungen, jeder wollte es angeblich besser machen und war von sich maßlos überzeugt. Sachargumente hatten oft keine Chance, gehört zu werden und man versuchte mit Versprechen, die bei genauerer Betrachtung unerfüllbar waren, die Wähler zu ködern. Da Novak ja als Parteiloser sein Amt angetreten war, trat er im Wahlkampf kaum persönlich auf, was ihm sehr gelegen war. Denn er wollte in diesem Jahrmarkt der Eitelkeiten keine wie auch immer geartete Rolle spielen. Jede Partei heftete sich die Erfolge, die auf das Konto aller gingen, auf die eigene Brust. Natürlich war es wichtig und gut, dass es wieder politisches Leben und Wettbewerb gab, aber Felix empfand, dass jeder der Wahlwerber übers Ziel hinausschoss und dachte darüber nach, wie man diesen fehlgeleiteten Entwicklungen begegnen konnte. Es überraschte ihn, wie schnell diese Aufbruchsstimmung, die von allen Menschen gespürt wurde, wieder getrübt werden konnte. Wochenlang war Wahlkampf, unheimliche Mengen an Papier wurden verteilt und gleich wieder entsorgt. Plakatständer verstellten die Aussicht in den Straßen und unheimlich viel heiße Luft entströmte den Medien.

Endlich war es soweit. Der Tag der Wahl war gekommen und die Partei, die Novak in sein Amt gebracht hatte, fuhr einen großen Sieg ein, aber sie konnte nicht allein regieren. Wochen-, vielleicht monatelanges Taktieren und Sondieren war vorprogrammiert. Man signalisierte Felix, dass er wohl für eine zweite Periode als Innenminister vorgesehen war. Schlussendlich wählte man eine Partei als Koalitionspartner, für die Felix kaum Sympathie hatte und mit der er sich eine Zusammenarbeit schwierig vorstellte. Trotzdem nahm er das Angebot, wieder Minister zu werden, an. Endlich konnte er wieder ins Tagesgeschäft einsteigen, um die kommenden Probleme anzugehen. Viele wertvolle Wochen waren vergangen, ohne irgendetwas zu bewirken. Hinzu kam noch, dass es in einigen Ministerien zu einem Wechsel der Parteizugehörigkeit gekommen war und es sicher einige Zeit dauern würde, bis man die neuen Minister und verantwortlichen Beamten kennengelernt hatte. Denn die Probleme wurden nicht kleiner oder weniger, sondern eine neue, wirklich große, existenzielle Herausforderung war aufgetaucht: Die böse, russische Bärin hatte in ihrer Raubtierart die Pranke nach drei europäischen, an Russland grenzenden Ländern ausgestreckt. Nicht von ungefähr hatte dieser Aggressor den Bären als Wappentier.

Die Bärin

Olga Gasputinowa war schon seit dreißig Jahren im Amt. Zug um Zug offenbarte sie ihre bösartige Natur und wer genauer hingesehen und hingehört hätte, der hätte schon früher ihre wahren Absichten erkennen müssen. Aber im Nachhinein war man immer gescheiter. Ihre Heimat hatte immer von dem System der Dark Ages profitiert, als es noch die Menschen unterjochte, gemacht. Der Verkauf billiger Energie sicherte das wirtschaftliche Überleben des Reiches des Raubtieres. Die Menschen, die laufend mit falschen Informationen gefüttert wurden, hatten niemals die Freiheit und den Wohlstand der westlichen europäischen Staaten erlebt. Im zwanzigsten Jahrhundert, also schon vor vielen Jahren, war der Aufstieg und Fall Russlands, besser gesagt des Sowjetimperiums, ein wesentlicher Faktor der Weltgeschichte gewesen. Auch wenn sich nach dem Zusammenbruch des kommunistischen Systems mehrere Staaten im Lauf der Zeit von der Knechtschaft des Staatskapitalismus losgelöst und den Weg der Marktwirtschaft eingeschlagen hatten, blieb Russland eine Diktatur, die das Wesen des Raubtieres oftmals zeigte. Wo immer es sich aus geopolitischen Gründen in die Politik fremder Staaten einmischte und Diktatoren dazu verhalf, ihre Macht zu erhalten und zu festigen, hinterließen ihre Soldaten und paramilitärischen Söldner verbrannte Erde und ein Gemetzel unter der Zivilbevölkerung der verbündeten Mächte.

Die eigene Bevölkerung betrog man mit Desinformation, Lügen und Appellen an die Vaterlandsliebe. An diesem miesen Spiel beteiligte sich auch die Kirche im Bärenland. Nach der kurzzeitigen Trennung von Kirche und Staat wurde die kommunistische Partei als „Staatskirche" wieder von der orthodoxen Kirche ersetzt und die Einheit von Kirche und Staat bewusst gefördert. Denn Russland ist aus der eindimensionalen Orthodoxie des Byzantinismus nie wirklich herausgekommen. Das lügenhafte und bösartige Brüllen der Bärin bellte ihr Schoßhündchen, das Oberhaupt der Kirche in seiner aus der Zeit gefallenen Verkleidung, nach. Die Medien in diesem finsteren Reich waren nach dem Zerfall der Sowjetunion sukzessive gleichgeschaltet worden, Kritiker verschwanden in den Gulags und es gab niemand im Land, der die Macht und den Einfluss hatte, dieser Entwicklung gegenzusteuern. Von woher sollte auch die Stimme der Wahrheit gehört werden, wenn Staat und Kirche in einer unheiligen Ehe verbunden, das Volk knechtete. Geschickt verstand man es, Nachrichten von außen zu unterbinden oder mit massiver Gegenpropaganda dagegen vorzugehen.

Auch in der Zeit nach der Befreiung vom System der Dark Ages, das rund siebzig Jahre gedauert hatte, erkannte man die bösartigen Absichten Russlands nicht. Vielleicht wollte man sie auch nicht erkennen. Denn zu billig waren die Energieimporte aus Russland, als dass den Verantwortlichen die Augen über die drohende Gefahr geöffnet worden wären. Andere Güter für den Export hatte dieses Land kaum, das bisschen Kaviar und Sekt fiel ja kaum ins Gewicht. Schleichend hatte das Reich des hungrigen Bären die wieder frei gewordenen Ländern unterwandert und nach dem billigen „Energy Drink" süchtig gemacht. Felix Novak, der, soweit es seine Zeit zuließ, wieder in den Tiefen des weltweiten Netzes unterwegs war, hatte in Erfahrung gebracht, dass Umweltschutzorganisationen mit viel Geld aus Russland unterstützt worden waren. Nicht direkt natürlich, aber auf Umwegen über dubiose Banken und Länder, die diesen Geldhäusern Unterschlupf gewährt hatten, rollte der „Rubel". Aber den Medien war diese Nachricht nur ein paar kurze Zeilen wert, denn man wollte den Bären ja nicht wecken. Dieser drohte nämlich mit einem atomaren Erstschlag und versetzte weite Teile der Bevölkerung in Angst und Schrecken. In einer anderen, lange vergangenen Zeit hatte ein deutscher Bundeskanzler das kommunistische Russland ein Obervolta (heute Burkina Faso) mit Atomraketen genannt. Und dabei den wunden Punkt getroffen. Denn die Wirtschaft des Landes dümpelte dahin und bescherte den Einwohnern so geringe Einkünfte, dass diese zum Leben zu wenig und zum Sterben zu viel hatten. Das große Geld aus den Energieexporten verschwand in den Taschen korrupter Eliten und Geheimdienste, die auf Kosten des Volkes in Saus und Braus lebten. Die beschlagnahmten Liegenschaften und Jachten der sogenannten Oligarchen konnten diese leicht verschmerzen.

Für Felix Novak und sein Team bedeutete diese Bedrohung ein sattes Plus an Mehrarbeit. Es galt nun sich auf Flüchtlingsströme vorzubereiten, denn die Bilder aus den angegriffenen Staaten zeigten Verwüstung und Elend. Datenströme von den Nachrichten der westlichen Geheimdienste mussten gebündelt, geordnet und verarbeitet werden, um vorrausschauend die richtigen Entscheidungen zu treffen. Die Lieferung von schweren Waffen zur Verteidigung lief nur zögerlich an, humanitäre Hilfe ja, aber bitte keine schweren Waffen. Das könnte ja die böse Bärin reizen. Und es kam, wie es kommen musste: Felix erhielt einen Brief, der von rund dreißig selbsternannten Intellektuellen und die Zeit verstehenden Experten unterzeichnet war, in dem von der Lieferung schwerer Waffen zur Verteidigung der überfallenen Länder gewarnt wurde. Denn dadurch würde man die Katastrophe eines atomaren Erstschlages erst herausfordern. Das alte Gespenst der Friedensbewegung war wieder auferstanden und begann Teile der Gesellschaft zu verunsichern und mit seinen wirren Ideen zu infiltrieren. Felix Novak war perplex, als er diesen Brief las, denn bis jetzt war es klar gewesen, dass man die bedrohten Länder in jeder Hinsicht unterstützen müsse. Sollte die alte Leier vom „Frieden schaffen ohne Waffen" und dem „Umschmieden der Schwerter zu Pflugscharen" neuerlich angestimmt werden? Diese und ähnliche Gedanken gingen ihm zuallererst durch den Kopf. Nun war die neugewonnene Freiheit wieder von zwei Seiten bedroht.

Die Erzählung geht weiter

Ohne zu weit in der vergangenen Geschichte herumzuwühlen, wollen wir uns wieder der Gegenwart widmen. Was war aus den Personen geworden, die wir kennengelernt haben, als diese Erzählung begann? Novaks politische Laufbahn haben wir ja bereits kennengelernt, aber was war aus Almute geworden? Felix und sie hatten ein Reihenhaus in der Nähe der Hauptstadt gemietet und dieses mit Zustimmung des Vermieters etwas umgebaut. Sie hatten sich entschieden, auf Grund ihres fortgeschrittenen Alters auf Nachwuchs zu verzichten. Almute hatte eine Stelle in einem Gymnasium in der Hauptstadt gefunden und hatte sich schnell eingewöhnt. Das Obergeschoss des Hauses bauten sie zu einem Gästezimmer aus, denn Helmut Schubert war jetzt öfter bei ihnen zu Besuch und genoss das kulturelle Leben in der Hauptstadt. Er hatte sich noch nicht ganz aus seinem Berufsleben zurückgezogen, aber da er ein einfaches Leben führte und es sich leisten konnte, nahm er nur mehr sporadisch Übersetzungen an. Seine Pension reichte ihm für seinen Unterhalt. Nun war er es, der als Gast im Obergeschoss viel Zeit verbrachte. Seine Wohnung im Heimatdorf hatte er behalten und so pendelte er hin und her.

Zwei der betagten Prätorianer waren zwischenzeitlich verstorben und begraben worden. Nur Michael, der sich inzwischen zu Christus und Ihn in sein Herz aufgenommen hatte, war noch am Leben. Das Reisen in die Hauptstadt war ihm zu beschwerlich geworden, er war sogar auf fremde Hilfe angewiesen, obwohl er weiter in seiner Wohnung lebte. Novak und Schubert besuchten ihn öfters, manchmal begleitete auch Almute die beiden. Er freute sich jedes Mal auf den Besuch, denn dieser gab ihm die Gewissheit, dass er nicht vergessen worden war. Auch die Mitglieder des Hauskreises waren öfters bei ihm zu Gast, unterhielten sich mit ihm, lasen gemeinsam in der Bibel und verzehrten die mitgebrachten Lieblingsspeisen. Almute und Novak hatten auch die Garage ihres gemieteten Hauses umgestaltet, sie wohnlich gemacht und mit selbstgemalten Bildern ausgestattet. Dort traf sich nun der Hauskreis, der zu ihrer neuen geistlichen Heimat geworden war und dem Felix jetzt einen Raum zur Verfügung stellen konnte. Die christliche Gemeinschaft, in der Almute und Felix neue Freunde gefunden hatten, bestand aber aus mehreren Hauskreisen, die sich einmal im Monat alle zusammen in einem gemieteten Saal trafen. Einmal im Jahr lud Felix alle Kreise zu einem Treffen bei einem Heurigen ein, wobei er für die gesamten Speisen und Getränke aufkam. Neben den kulinarischen Genüssen, die sowohl Schweinsbraten und Schnitzel als auch Gemüse oder überbackenen Käse beinhalteten, gab es an allen Tischen interessante Gespräche. Diese Treffen dauerten oft bis tief in die Nacht hinein. Natürlich war diesmal auch die neue politische Situation eines der Themen, das die Anwesenden beschäftigte. Eine größere Anzahl von Personen gruppierte sich um einen Geschichtslehrer, der seinen Bogen der Geschichte Russlands bis in die Altsteinzeit spannte.

Und „Seit dieser Zeit besiedelten bereits verschieden Stämme das Territorium Russlands", begann der Gymnasiallehrer seinen Vortrag. „Genaueres lässt sich aber über diese Epoche nicht sagen. Interessant wird es erst um 980 n. Chr. als der Kiewer Rus entstand. Es war ein ostslawisches Großreich, welches das byzantinische Christentum annahm. 1240 aber fiel dieses Reich dem Mongolensturm zum Opfer, jenen wilden Reiterscharen, die die zivilisierte Welt in Angst und Schrecken versetzten. Das Kiewer Reich brach zusammen und vom 13. bis zum 15. Jahrhundert fielen die Nachfolgereiche unter die Herrschaft der sogenannten Goldenen Horde. In der Zeit der Tartaren kam es dann schließlich zu einer Entfremdung gegenüber dem westlichen Kulturkreis. Danach kam das Großfürstentum Moskau ins Spiel und eine zunehmend russische Kolonisation. Im 17. Jahrhundert folgten Kriege gegen Polen-Litauen und gegen das osmanische Reich. Im 18. Jahrhundert begann Zar Peter I mit seinen Reformen und führte das Land zu einer Großmacht. Aber die rasche Ausdehnung ließ fast keine Mittel für die soziale und innere gesellschaftliche Entwicklung über. Nach dem Sieg über Napoleon festigte das Russische Reich seine Vormachtstellung in Europa. Das landwirtschaftlich geprägte Land konnte aber mit den Industrienationen nicht mithalten und erst nach der Niederlage im Krimkrieg begann Zar Alexander II mit inneren Reformen. Immer wieder kam es zu Unruhen und Veränderungen, von der aber der Großteil der Bevölkerung ausgeschlossen blieb. Dies führte 1917 zur Oktoberrevolution und schließlich zur Bildung des Sowjetischen Imperiums. Die Namen Lenin und Stalin sind nur die bekanntesten Vertreter dieser jahrzehntelangen Herrschaft eines bösartigen und grausamen Systems, das nach der Weltrevolution strebte. Und wer auch immer heute dieser verbrecherischen Zeit eine Träne nachweint, dem ist nicht zu helfen.

Nach der Auflösung der Sowjetunion und ihrer Trabanten begann ein schwieriger Transformationsprozess, ...", damit beendete der Geschichtsprofessor seinen Vortrag. Nachdem die an der Geschichte Interessierten lange Zeit geschwiegen hatten, begannen nun wieder intensive Gespräche, wobei es nicht nur um die zurückliegende Geschichte, sondern auch um die Zukunft ging. Denn sowohl im Alten als auch im Neuen Testament gab es Prophezeiungen über die Zukunft der Menschen und der Erde. Sie waren oft schwer zu verstehen und zeitmäßig einzuordnen. Die Gespräche dauerten lange an und für den sogenannten harten Kern sogar bis tief in die Nacht. Nachdem die letzten Gäste aufgebrochen waren, fuhren auch Almute, Felix und Helmut mit dem Taxi nach Hause.

Die Tatze der Bärin streckte sich nach weiteren Ländern aus, die den mutigen Entschluss fassten, einem Militärbündnis beizutreten, das Amerika und viele europäische Nationen umfasste. Auch Felix hätte es gerne gehabt, wenn eine Diskussion um die

Neutralität des Landes, dem er diente, entstanden wäre. Aber sowohl die Partei, die ihm zu seinem Amt verholfen hatte, als auch die Opposition erstickten die Idee, die Neutralität in Frage zu stellen, im Keim. Die Mehrheit der Bevölkerung hätte einer Veränderung sowieso nicht zugestimmt, denn Fragen zu Gentechnik, Atomkraft und eben der Neutralität kamen in diesem Land fast einer Majestätsbeleidigung gleich. Sehr viele Menschen waren einfach nur denkfaul und wollten sich mit diesen Themen nicht auseinandersetzen. Die Stimmen gegen eine Lieferung von schweren Waffen an die überfallenen Länder wurden lauter und immer mehr. Die böse russische Staatschefin spielte mit der Angst der Menschen und diese fielen auf diese plumpen Versuche herein. Gott sei Dank gab es auch andere Stimmen in den Medien und in der Bevölkerung, wie sich in so manchen Briefen zeigte. Wie schon vor über einem Jahrhundert ging das linke Gespenst eines „Frieden schaffen ohne Waffen" umher und wieder war es Russland, das es zum Leben erweckt hatte. Auch die alten Lieder holte man aus der Mottenkiste. „Steter Tropfen höhlt den Stein" war wieder modern und wieder wurde es klar, dass dieser stete Tropfen nicht nur den Stein höhlte.

Novak erfuhr es nicht als erstes von seinem Sekretär, nicht vom Präsidenten, sondern aus den Medien. Irgendjemand hatte die Behauptung aufgestellt, dass er seine jährlichen Treffen mit dem Hauskreis und den anderen befreundeten Gruppen in Wirklichkeit nicht selbst bezahle, sondern, dass er dafür Steuermittel missbrauchen würde. Der Urheber dieser Anschuldigung war unbekannt, die Medien wollten seine Identität nicht preisgeben. Eine Anzeige war bei der Staatsanwaltschaft eingebracht worden. Felix dementierte und konnte die Rechnungen, die auf seinen Namen ausgestellt waren, vorweisen. Da er aber meist bar bezahlt hatte, konnte er nicht beweisen, dass das Geld aus seinem privaten Vermögen stammte. Sofort legte er sein Amt solange nieder, bis dieser ungeheuerliche Verdacht aus dem Weg geräumt war. Aber das konnte dauern. Die Staatsanwaltschaft begann daraufhin zu ermitteln. Da Novak Minister für innere

Angelegenheiten war und es somit für die Polizei, die normalerweise für die Untersuchungen verantwortlich gewesen wäre, zu Interessenkonflikten kommen konnte, ermittelte der mit der Angelegenheit befasste Staatsanwalt selbst. Sofort stürzte sich die Opposition auf diese unbewiesenen Anschuldigungen und erging sich zum Teil in weiteren abstrusen Verdächtigungen.

Novak hatte das Richtige getan, als er den Ermittlungen zugestimmt hatte und war froh über die Aufhebung seiner Immunität. Er wollte, dass alles restlos aufgeklärt wird, denn er war sich keines Fehlverhaltens bewusst. Natürlich litt Felix unter den falschen Verdächtigungen, aber nicht nur er, sondern auch das politische Leben im Land litt darunter. Novak zog sich aus der Öffentlichkeit zurück, war für die Medien, die ihn gern zu den Zahlungen befragt hätten, nicht erreichbar und plante einen fünfwöchigen Urlaub. Denn er war sich sicher, dass die Anschuldigungen nicht in so kurzer Zeit entkräftet werden konnten. Der Präsident bat Felix bis zur Klärung der Angelegenheit im Amt zu bleiben, was dieser aber ablehnte. Diese Haltung werteten viele Medien als Schuldeingeständnis. Dem Minister machte dies nichts aus, denn er hatte ein gutes Gewissen vor Gott und den Menschen. Seinen Urlaub an einem bekannten Badesee im Osten des Landes trat er zeitverzögert an, um vorher noch einige ungeklärte Angelegenheiten zu erledigen. Almute hatte noch zwei Wochen im Gymnasium zu unterrichten, wo auch schon die Schüler auf die Ferien warteten. Danach wollte sie nachkommen und Felix und seine Frau freuten sich schon auf die gemeinsame Zeit ohne Verpflichtungen. Weiters war geplant, dass Helmut Schubert nach Almutes Abreise das Haus bewohnen sollte. Er freute sich auf die Wochen in Wien, die er ausgiebig mit Museums- und Konzertbesuchen füllen wollte.

Nach Novaks Abreise war Almute mit dem Schulschluss beschäftigt. Das Gymnasium veranstaltete ein Gartenfest mit einer Theateraufführung, für die sie mit ihren Schülern das Bühnenbild geschaffen hatte. Felix hingegen genoss die Ruhe und widmete sich einem Buch, das er schon lange lesen wollte, aber keine Zeit dafür gefunden hatte. Tagsüber hielt er sich am See auf und genoss das kühlende Nass. Seine Verpflegung gipfelte jeden Tag in einem Heurigenbesuch, sodass er sich kaum um häusliche Arbeit im Ferienappartement kümmern brauchte. Abends tauchte er in die Tiefen des Internets ein und fand in der digitalen Ablage der Nationalbibliothek alte Zeitschriften mit Gedichten und Graphiken aus der Zeit seines Urgroßvaters. Dieser hatte in jungen Jahren Gedichte für eine periodische Zeitschrift mit dem Namen „C-Horizont" geschrieben. Zwei davon schickte er an Almute und Helmut, mit denen er mittels Skype in Verbindung stand.

helden

ein haufen müder helden zieht entlang des baches
ein haufen kleiner kinder trinkt vom sprudelnden quell
ein gebet auf ihren lippen, spitz wie die schärfe ihrer zähne
nur auf den lippen ... und vergib uns unsere schuld ...
nur auf ihren lippen

leben

am ufer liegt das leben
du suchst es und kannst es nicht finden
warte, bis es die flut
dir weggeschwemmt hat

Er fand noch circa dreißig kurze oder längere Gedichte aus der Jugendzeit seines Urgroßvaters, die alle nur in Kleinbuchstaben geschrieben waren. Anscheinend war das damals eine Mode gewesen. Dann verglich er die Gedanken aus dem „Manifest" und den Radiosendungen, die sein Vorfahre für eine christliche Radiosendung erstellt hatte, mit den Gedanken seiner Jugendgedichte. Obwohl die Inhalte sehr verschieden waren, so spürte Felix in den Gedichten seines Urahns dessen Sehnsucht nach Gerechtigkeit und die Frage nach dem Sinn des Lebens.

Über Skype sprach Novak auch ausgiebig über die Situation, in die er unverschuldet geraten war. Er konnte sich nicht vorstellen, wer oder aus welchem Grund ihn jemand in diese Situation gebracht hatte. Er war niemandem, wie man so sagt, auf die Füße getreten, noch hatte er jemanden bevorzugt behandelt, sodass irgendein Neider es ihm heimzahlen wollte. Je mehr er darüber nachdachte – diese Gedanken verließen ihn auch tagsüber nicht, während er im See schwamm oder sich ein köstliches Eis schmecken ließ – desto mehr keimte in ihm der Gedanke, alles hinzuschmeißen und und sich beruflich anders zu orientieren. Er fragte sich, warum er sich das alles antue, denn im Alltag konnte er kaum seine christlichen Vorstellungen, die er aus seiner Bibel schöpfte, verwirklichen. Daher dachte er darüber nach, in die Mission zu gehen oder sich einer Ausbildung als Prediger zu unterziehen. Dann erinnerte er sich wieder an Situationen, die er getreu seines Glaubens hatte gestalten können. In Intervallen strömten die verschiedenen Vorstellungen seiner Zukunft auf ihn ein, die Ruhe, die er gesucht hatte, fand er jedenfalls nicht. Unruhig lag er abends im Bett und in der Nacht, bevor Almute zu ihm an den See kam, hatte er einen Traum …

… er sah im Meer, dessen Weite er nicht erblicken, sondern nur erahnen konnte, tausende, zehn-tausende, nein viel mehr, also hunderttausende – so vermutete er – Menschen, die in den peitschenden Wogen um ihr Leben kämpften. Ihr Schreien war nicht zu ertragen, im Traum hielt er sich die Ohren zu. Ihre Körper wurden aus dem Wasser emporgehoben, um gleich wieder darin zu verschwinden. Ihre Angst konnte er regelrecht spüren. Es waren verlorene Menschen, verloren für die Gegenwart und die Zukunft. So musste die Hölle sein, dachte er. Die Menschen riefen sich laute Worte zu, was sie riefen, konnte Novak nicht verstehen. Aber er spürte die Angst dieser Verlorenen. Mitten im tosenden Meer thronte ein großer Fels, auf dessen Spitze ein weitläufiges Plateau ersichtlich war. Unzählige versuchten auf den steilen Klippen die rettende Ebene zu erreichen. Auf dem Plateau war schon eine große Anzahl von Menschen. Ein Teil von ihnen versuchte, die an den Klippen hängenden Personen mit Leitern und Seilen zu unterstützen, damit sie die rettende Ebene erreichen konnten. Als Felix den Felsen sah, musste er sofort an Christus, den rettenden Fels denken. Der andere Teil der Geretteten, der überwiegend größere, betrachtete die Retter mit Wohlwollen, lobte sie und rief ihnen aufmunternde Worte zu. Aber sie lagerten bloß im Gras des Plateaus und erzählten Geschichten aus ihrem Leben. Diese Menschen sprachen über ihre Berufe, ihre Geldgeschäfte, Mode, Hobbies und tauschten Urlaubsgeschichten aus. Sie sprachen auch darüber, wie sie Rettung gefunden hatten, aber das Erlebte zeigte keine Auswirkungen auf ihr Handeln. Sie waren froh, dem Unheil entronnen zu sein, nahmen aber keine Notiz von dem Geschehen, das sie umgab ...

Novak war so über die Tatenlosigkeit des größeren Teils der Geretteten erschüttert, dass er schweißgebadet aufwachte. Nach dem Aufwachen dauerte es einige Zeit, bis er das im Traum Erlebte realisierte. Danach begann er darüber nachzudenken, War dieser Traum nur das Produkt seiner Gedanken oder wollte vielleicht Gott ihm etwas damit sagen, fragte er sich. War dieser Traum eine Antwort auf seine im Innern nagende Frage, welchen beruflichen Weg er weiterhin einschlagen sollte oder nur Fiktion? Denn was dieser Traum bedeuten sollte, wusste er genau. Die Masse im wogenden Meer stellte die Menschen dar, die ohne Gott und ohne Sinn und Ziel im Leben im Meer der Geschichte trieben. Der Fels zeugte von Jesus Christus und die Menschen auf dem Plateau verkörperten jene Menschen, die von ihrem Retter aus der gegenwärtigen bösen Welt herausgeholt worden waren. Aber auch diese Menge teilte sich in zwei Gruppen. In jene, die ihrem Retter gehorsam waren und dies in ihrem Tun sichtbar zeigten, und in die zweite Gruppe, die zwar froh über die Rettung war, aber dem, was sie zurücklassen mussten, nachweinten und ihrem neuen Herrn nicht treu waren.

Aber was bedeutet das für mich, fragte sich Felix immer wieder. Sollte ich mein Amt als Minister aufgeben, was er eigentlich liebend gern getan hätte? Wer hätte ihm dies verübelt? Oder soll ich in Geduld meine Funktion ausüben, um die Welt nicht gerechter – er wusste, dass er das nicht konnte – sondern weniger ungerecht zu machen? Denn es war ihm klar geworden und er sah es immer deutlicher, dass die Menschheit nichts aus der Geschichte lernte. Obwohl es nur wenige Jahre her war, dass man unter großen Mühen die Dark Ages, jene bösen siebzig Jahre, abgeschüttelt hatte, waren die Lehren, die man aus ihnen gezogen hatte, wieder im Vergessen begriffen. Dies hatte Novak schon die letzten Jahre hindurch zermürbt. Aber was hatte er denn erwartet? Hatte König Salomo nicht recht, als er die Geschichte der Menschen mit den Worten (Der Prediger Kap. 1, Vers 9):

„Was einmal gewesen ist, kommt immer wieder,
und was einmal getan wurde, wird wieder getan.
Es gibt nichts Neues unter der Sonne"

beurteilte. Bevor diese Gedanken über seine Zukunft überhandnahmen, schrieb Novak Almute und Helmut eine E-Mail in der er seinen Traum und seine Gedanken darüber beschrieb. Seine Frau rief ihn sofort an und teilte ihm mit, dass sie in der nächsten Stunde zum Ferienappartement aufbrechen werde. Helmut ließ sich mit seiner Antwort länger Zeit und überlegte sich genau seine Antwort. Schließlich kam er zu dem Entschluss, dass es besser wäre, persönlich mit Felix über seine Zukunft zu sprechen. Am Abend kontaktierte Helmut Novak, dass er übermorgen zu ihm kommen werde und bat ihn, ein Zimmer für drei Nächte zu reservieren.

Als Almute im Feriendomizil ankam, fand sie einen völlig aufgelösten Ehemann vor. So hatte sie ihn noch nie gesehen. Planlos drehte er seine Runden um das Haus und als sie ihn umarmte, spürte sie seine Tränen auf ihrer Bluse. Sie strich ihm mehrmals mit ihrer Hand über seinen Rücken und langsam beruhigte er sich. Gemeinsam gingen sie ins Haus und setzten sich auf das Sofa, das aufgeklappt zwei Personen genug Platz zum Schlafen bot. Nach einigen tröstenden Worten stand die beste Ehefrau aller Zeiten – diese Beschreibung hatte Felix einmal in einem Roman gelesen, dessen Autor er aber vergessen hatte – wieder auf, ging zum Kühlschrank, nahm eine Flasche Cola heraus und füllte damit zwei Gläser. Nachdem sie noch Eiswürfel aus dem Gefrierfach dazugetan hatte, stellte sie beiden Gläser auf den kleinen Tisch und setzte sich wieder. Lange sprach das Ehepaar miteinander über ihre Zukunft und Almute versicherte Felix, dass sie auf alle Fälle seine Entscheidung mittragen werde. Novak beruhigte sich und gab sich selbst die Zusicherung, dass er vor seiner Rückkehr in die Hauptstadt eine Entscheidung treffen werde.

Nach dem Abendessen, das sie in der nahen Marktgemeinde zu sich nahmen, kümmerte sich Felix um ein Zimmer für Helmut. Beim vierten Versuch fand er eine Pension, die ein Zimmer für drei Nächte freihatte. Dies teilte er sofort seinem Freund mit. Dieser kam am nächsten Tag am späten Vormittag in den Ort, in der die Pension lag, an. Almute und Felix warteten bereits dort auf ihn. Nach der Begrüßung und den üblichen Formalitäten brachte er seinen Koffer und Laptop aufs Zimmer. Diesen hatte er mitgebracht, um einige Stunden mit der Übersetzung des neuesten Buches, das der Verlag ihm zugeteilt hatte, zu verbringen. Trotzdem war er sicher, dass er genügend Zeit für Felix und seine Probleme finden werde. Nachdem Schubert alles verstaut hatte, gingen die drei in ein Fischrestaurant, um Mittag zu essen. Sie bestellten alle ein Gericht mit Zander, zu dem Helmut noch grünen Spargel orderte. Mit dem Essen verbrachten sie eine gute Stunde, denn nach der Hauptmahlzeit bestellten sie sich noch eine Nachspeise und ein Glas von einem guten Rotwein. Danach begaben sie sich zum See und machten es sich in ihren Liegestühlen bequem. Die Gespräche plänkelten hin und her und keiner hatte vorerst den Mut, das heiße Eisen anzupacken. Erst als sie am Nachmittag bei einem Kaffee saßen, brach Felix das Eis und begann nochmals, von seinem Traum zu erzählen.

Das Gespräch

Ich verstehe", begann Helmut, „dass dich dieser Traum beschäftigt. Und ich kann zumindest deine Gedankengänge, die sich im Widerstreit befinden, teilweise nachvollziehen. Denn wirklich hineinsehen in einen Menschen kann man ja nicht, denn nur der eigene Geist kann eine Person wirklich ergründen. Aber ich bin überzeugt, dass du jetzt abwägst, entweder dein Amt weiterzuführen oder gemäß deinem Traum zu handeln und einen christlichen Dienst ins Auge gefasst hast. Wichtig für dich ist in erster Linie, dass du prüfst, ob dieser Traum von Gott kommt, oder ob er das Produkt deiner Fantasie ist. Denn du hast ja schon mehrmals deine Zweifel an deinem Ministeramt ins Treffen geführt. Aber nicht alles, was auf uns zukommt, ist von Gott geschickt und daher ist es wirklich wichtig, alles zu prüfen, was wir erfahren. Da kann weder ich noch sonst jemand dir helfen, eine Entscheidung zu treffen.

Politische Macht auszuüben, ist immer eine heikle Geschichte. Oft wird sie für eigene Zwecke missbraucht, ohne das Wohl der Gesellschaft im Auge zu haben. Manchmal werden auch falsche Entscheidungen in guter Absicht getroffen. *Gut gemeint und schlecht gemacht, oberflächlich ausgedacht, vieles verdorrt ohne dein (Gottes) Wort,* ist nicht nur die Strophe eines Liedes, sondern auch oftmals Wirklichkeit. Aber, um von Macht zu reden, müssen wir weit in die Menschheitsgeschichte zurückgehen, wahrlich bis zu Adam und Eva. Nachdem dieses erste Paar sich gegen Gott aufgelehnt hatte und der Meinung war, dass es gut sei, selbst zu wissen, was gut und böse ist, begann die ganze Tragödie der Menschheitsgeschichte. Die Menschen verloren die Gemeinschaft mit Gott und auf sich allein gestellt, begann die Entwicklung zum Bösen. Die erste Tat, als all das Böse begann, war ein Brudermord. Langsam und stetig rissen vereinzelte Menschen die Macht an sich und die Spirale abwärts begann sich unaufhaltsam zu drehen. Götzendienst, Unzucht, Mord, Rache, Habgier, Dummheit und viele andere Sünden entstellten die Menschheit so sehr, dass Gott nicht mehr anders konnte, als ein ein Gericht über alles Böse und alle Bösen zu bringen. Lediglich acht Menschen wurden aus der großen Gerichtskatastrophe gerettet. Aber auch der Neuanfang trug bereits wieder den Keim des Bösen in sich. Und so wechselten sich bessere und schlechtere Zeiten ab, aber an der bösen Grundeinstellung des Menschen änderte sich nichts.

Es kam nicht von ungefähr, dass die aufeinanderfolgenden Reiche in den Visionen der Propheten als Raubtiere dargestellt wurden. Und keine politische, religiöse oder kulturelle Schminke reicht aus, die Raubtierfratze dauerhaft zu überdecken. Denn das Tier richtet seinen Blick nur auf die Erde, auf seine Beute und möchte nichts als Schrecken verbreiten. Denn nur der Mensch kann zum Himmel schauen, wenn er es nur tut. Meist richtet auch er seinen Blick auf die Erde, auf ihre Schätze, Vergnügungen und Leidenschaften. Ein Leben, das nur auf seine Gefühle und nicht auf Gott blickt, kennt den richtigen Weg nicht, sondern geht in die Irre. Für solche Menschen zählt dann nicht, was links und rechts geschieht, Hauptsache, das Ich findet seine Befriedigung, koste es, was es wolle. Und wenn es sein muss, auch das Leben anderer Menschen. Auch eine gewisse Humanität wird das Ruder nicht herumreißen, denn Humanität ohne Divinität (Göttlichkeit) wird zur Bestialität. Das sehen wir zum Beispiel in der Abtreibungsdebatte. Oft als ‚humane Lösung' gedacht, entpuppt sich diese Haltung als Mord.

„Entschuldige!", sagte Helmut nach einer längeren Pause, „Ich bin eigentlich von deinem Problem abgekommen und habe zu weit ausgeholt, aber wovon das Herz voll ist, davon geht der Mund über. Felix, was denkst du?", richtete Schubert das Wort neuerlich an Novak. Dieser blickte Helmut nachdenklich an und erwiderte dann:„Zuerst brauche ich einen Kaffee und ein paar Minuten zum Erholen und Nachdenken." Felix ging zur Kaffeemaschine und füllte zwei große Tassen. Eine brachte er seinem Freund und an der anderen nippend, dachte er einige Zeit nach. Dann begann er zu antworten: „Du weißt, dass ich derzeit mit meiner Aufgabe nicht glücklich bin. Mit so viel Schwung und wiedererstarkter Gerechtigkeit wurde das alte System, das siebzig Jahre die Menschen unterdrückte, weggefegt und eine gewaltige Aufbruchsstimmung erfasste die Gesellschaft. Aber was ist nach einigen Jahren übriggeblieben? Natürlich haben wir die äußeren Bedingungen verändert und daran hat sich jetzt trotz einiger Versuche der alten Macht, das Ruder herumzudrehen, nichts geändert. Aber innerlich beginnt die Gesellschaft wieder zu faulen.

Die Kriminalität nimmt zu, die Polizei hat zu wenig Personal, die Gesetzgebung beschließt zeitweise Gesetze, die mehr dem Täter als dem Opfer dienen und auch die Judikative fällt zu oft laxe Urteile. Aber auch die Gerichte leiden an Personalmangel und schon König Salomo wusste: ‚*weil die bösen Handlungen nicht sofort bestraft werden, fühlen sich die Menschen zu bösen Taten ermutigt*' (AT, Der Prediger, Kap. 8:11). Ich war einmal bei einer Verhandlung eines Angeklagten, der bereits sieben Vorstrafen wegen Diebstahls ausgefasst hatte. Damals bekam er dann die achte Vorstrafe. Soll man da nicht verzweifeln?" Dann legte Novak wieder eine Pause ein und holte sich zum zweiten Mal in kurzer Zeit eine Tasse Kaffee. Helmut lehnte ab, bat aber um ein Glas Mineralwasser. „Wäre es da nicht besser, etwas Neues, etwas Besseres zu tun und die Nachfolge Jesu ernster zu nehmen?", begann Felix erneut. „Wäre es nicht gescheiter, ganz in seinen Dienst zu treten?", meinte er mit Nachdruck.

„Moment, ich muss dich leider unterbrechen", sagte Almutes Bruder, „um dir eine kleine Geschichte zweier ungleicher, aber doch gleicher Brüder zu erzählen. Gleich waren sie in ihrem Glauben an Jesus Christus, ungleich waren ihre Aufgaben. Der ältere der beiden ging als Missionar nach Afrika und brachte vielen Menschen die frohe Botschaft von der Errettung aus ihren Sünden. Der andere war Politiker und wurde schließlich zum Bürgermeister einer großen europäischen Stadt gewählt. In dieser Stellung schaffte er soziale Verbesserungen für den ärmeren Teil der Bevölkerung. Er ließ billige Wohnungen bauen, was zu dieser Zeit außergewöhnlich war. Für die Ärmsten richtete er sogenannte Suppenküchen ein, sodass jeder zumindest einmal am Tag eine warme Mahlzeit bekam. Denn viele Bewohner fristeten ein trostloses Leben in den Fabriken oder waren ohne Arbeit. Und ich werde dir jetzt eine Frage stellen, die du aber nicht gleich beantworten musst:

Wer von beiden handelte mehr im Sinne Gottes?

Inzwischen war es Abend geworden und die beiden hungrig. Almute hatte in der Zwischenzeit bei einem nahen Heurigen Essen besorgt und alle drei machten es sich im Garten des Hauses gemütlich. Zu den Aufstrichen und verschiedenen Fleischsorten, hatte die beste Ehefrau aller Zeiten auch Brot und zwei Flaschen Wein gebracht. Vorbei waren nun die tiefsinnigen Gespräche und Erläuterungen, und man erfreute sich an Erzählungen aus dem Leben jedes einzelnen. Bis in die Nacht dauerten die Gespräche und es war schön, sich wieder besser kennengelernt zu haben. Da Helmut mit dem Rad, das er von Wien mitgebracht hatte, gekommen war, ließen sie sich auch den Wein schmecken, aber es blieb bei einer Flasche für alle drei. Vor dem Schlafengehen gab Felix seiner Frau eine Kurzfassung von seinem Gespräch mit Helmut. Danach schliefen beide ein. Bevor Almute noch aufwachte, saß Felix auf der Bank vor dem Haus. Da es um fünf Uhr noch frisch war, hatte er sich einen Pullover angezogen. Er ließ den gestrigen Tag noch einmal vor seinem Auge vorbeiziehen und fasste plötzlich den Entschluss in seinem Amt zu bleiben, sollte seine Unschuld bewiesen werden.

Als Novaks Frau auch aufgestanden war und aus dem Haus kam, teilte ihr Felix seinen Entschluss mit. Almute hatte fest damit gerechnet, dass er sich aus der Politik zurückziehen werde und teilte ihm das auch mit. Gleichzeitig verwies sie auf ihr Versprechen, jede Entscheidung mitzutragen. Jetzt galt es nur noch die Zeit auszusitzen, bis das Gericht ein Urteil gesprochen hatte. Auch Helmut, der gerade beim Frühstück saß, wurde informiert. Er konnte seine Freude über die Entscheidung seines Freundes nicht verbergen. Die drei verabredeten sich zum Mittagessen, denn für Schubert war es danach an der Zeit wieder Richtung Hauptstadt aufzubrechen. Da Almute Ferien und sonst keine Verpflichtungen hatte, verlängerten die beiden ihren Aufenthalt im Ferienhaus. Sieben Wochen waren vergangen, seit Novak suspendiert war. Da las er in der Zeitung, dass er rehabilitiert war. Warum sein Büro die Nachricht verschlafen hatte, verstand er zwar nicht, aber es ließ ihn eigentlich auch kalt. Der Übeltäter, der die falsche Nachricht verbreitet hatte, war ausgeforscht und angeklagt worden. Ob Felix sich als Nebenkläger anschließen sollte, war ihm noch unklar. Schließlich entschied er, es zu tun. Denn Unrecht musste bestraft werden. Eine etwaige Strafzahlung, zu der der Täter verurteilt werden würde, wollte Felix einer christlichen Organisation, die in muslimischen Ländern verfolgte Christen unterstützte, spenden.

Da Novak erst nächsten Monat wieder in sein Amt zurückkehren konnte, genossen er und Almute die restliche Zeit am See. Bevor sie dann nach Hause aufbrachen, erhielt Felix viele Glückwünsche von Freunden und Bekannten. Mit der Gerichtsverhandlung für den Übeltäter war nicht vor Jahresende zu rechnen. Das Ehepaar hatte genug Kraft für die kommenden Aufgaben getankt und richtete sich zu Hause wieder ein.

Helmut war etwas traurig, dass er die Hauptstadt mit ihren Annehmlichkeiten verlassen musste. Drei Tage später erreichte Novak die Nachricht, dass der dritte der alten Prätorianer verstorben war. Es tat Felix leid, dass er vergessen hatte, die gute Nachricht seiner Rehabilitierung mit ihm zu teilen. Vielleicht hatte es ihm seine Pflegekraft aus der Zeitung vorgelesen. Auch zum Begräbnis hatte sich eine große Menge an Freunden und Bekannten und auch einige übrig gebliebene Kämpfer eingefunden.

Die Bärin Teil 2

Da der Angriffskrieg ins Stocken geriet, griff Olga Gasputinowa zu immer drastischeren Maßnahmen. Die Gebietsgewinne hielten sich in Grenzen und aus purem Hass ließ sie Dörfer und Städte mit Raketen und Bomben in Schutt und Asche legen. Menschen wurden verschleppt, ohne ihnen oder ihren Angehörigen ihren Aufenthaltsort zu nennen. Da der Verteidigungswille noch nicht gebrochen war, erbeutete man in rasantem Tempo Nahrungsmittel und Bodenschätze, überfischte die Meere und brachte jede Menge Güter als Kriegsbeute ins Heimatland. Die Bärin dachte, dass sie mit ihren Maßnahmen die Bewohner der angegriffenen Länder zur Flucht treiben könnte, um so jene Länder zu bestrafen, die den Bedrängten mit Waffen zu Hilfe kamen. Die Bärin wollte bei diesen Staaten Chaos und Instabilität fördern.

Das brachte für Novak, der sich schnell wieder eingearbeitet hatte, zusätzliche Arbeit und Verantwortung. Auch sein Land war bereit, Flüchtlinge aufzunehmen, zumal diese die Absicht hatten, nach Kriegsende in ihre Heimat zurückzukehren. Zusätzlich waren von diesen keine zusätzlichen Probleme zu erwarten, da sie aus demselben Kulturkreis kamen. Felix musste für notwendige Unterkünfte sorgen, für Verteilung sowohl der Menschen als auch der Hilfsgüter. Mit seinem Bekannten, der eine wichtige Funktion im Sozialministerium hatte, lotete er die Möglichkeiten aus, die Ankommenden in Arbeitsverhältnisse zu bringen, damit diese für sich selbst sorgen könnten. Stundenlang saßen die beiden zusammen, oft bis tief in die Nacht hinein, bis sie praktikable Lösungen gefunden hatten. Denn Chaos, Verschleierung der Nationalität oder ein unkontrolliertes Weiterleiten in andere Länder sollte es diesmal nicht geben.

Ein Zuzug ohne Nachweis der Identität würde diesmal nicht geduldet werden. Auch der Zugang zu sozialen Institutionen und Gesundheitseinrichtungen musste gewährleistet werden. Eine riesige Herausforderung stand ins Haus, daran waren sich alle involvierten Behörden und Organisationen einig.

Aber immer noch waren sich die Länder nicht einig, welche Art von Waffen geliefert werden sollten. Anstatt auf Militärexperten zu vertrauen, gab es immer wieder politische Entscheidungen, die oft mit der Realität nichts zu tun hatten. Besonders sein eigenes Land tat sich schwer, da es immer noch keine Diskussion über den Neutralitätsstatus zuließ. Für den größten Teil der Bevölkerung stellte diese eine Art „heilige Kuh"' dar, andere nannten diese Einstellung Trittbrettfahrerei. Aber die Politik würgte eine breite öffentliche Diskussion sofort ab, und als treue Diener ihrer Herren ließen auch die Medien das Thema ruhen. Felix nannte dies Feigheit, aber als Vertreter der Regierung, konnte er sich kaum öffentlich dazu äußern. Aber auch in seinem Freundeskreis war er sehr vorsichtig und schriftlich Stellung beziehen wollte er auch nicht. Zu viele waren schon über Chat-Protokolle gestolpert und hatten sich um Kopf und Kragen geredet. Novak war nicht zu feige gewesen, um sich zu äußern, aber er stellte seine Verantwortung vor seine eigene Meinung. Wohl war ihm nicht dabei. Wieder litt er unter der Bürde seines Amtes. Aber er hatte sich entschlossen, zumindest diese eine Legislaturperiode noch dem Staat zu dienen. Und er nahm seine Aufgabe sehr ernst, eine Einstellung, die man nicht sehr oft in der Politik fand.

Der Krieg an der russischen Grenze dauerte noch weitere sechs Monate an, bis Olga Gasputinowa so viel Teilsiege errungen hatte, dass sie ohne Gesichtsverlust vorläufig den Krieg für beendet erklärte. Novak und viele andere mit ihm waren sich sicher, dass das Ende der Kampfhandlungen eigentlich nur einem Waffenstillstand glich und die Kriegshandlungen jederzeit wieder aufflammen konnten. Nun stand die gewaltige Aufgabe des Wiederaufbaus bevor. Man gewährte den betroffenen Ländern Kredite und nichtrückzahlbare Hilfen. Zusätzlich mussten die Staaten viel Geld in die Hand nehmen, um ihre Armeen wieder auf Vordermann zu bringen, was jahrzehntelang sträflich vernachlässigt worden war. Felix war sich sicher, dass man dabei bei einem Teil der Bevölkerung auf Widerstand stoßen würde. Gutmeinende Friedensapostel waren oft eine viel größere Gefahr für die Sicherheit der Länder und des gesamten Bündnisses, das diese eingegangen waren, als Feinde von außen. Sie merkten nicht, dass sie die Bergpredigt missbrauchten. Viele Menschen fielen auf sie herein, da sie weder ihre Bibel, die vielleicht noch aus der Schulzeit irgendwo stand und verstaubte, lasen noch kannten und auf Schalmeientöne blinder Blindenleiter hörten.

Die alten Schwierigkeiten, die vor Jahrzehnten zu all den gesellschaftlichen Verwerfungen und schließlich zur Aufgabe der Freiheit und zur Diktatur geführt hatten, tauchten in Zeitraffergeschwindigkeit wieder auf. Gruppen, die meinten, im alleinigen Besitz der Wahrheit zu sein, formierten sich neu und versuchten ihre Denkweise, die die einer Minderheit war, wieder der Mehrheit aufzuzwingen. Die gleichen Worthülsen tauchten wieder auf und fanden sich auch bald in manchen Medien. Die „Cancel Culture", die einem modernen Pranger glich, verunsicherte die Gesellschaft und schloss so manchen, der anderer Meinung als die Minderheit war, aus Kultur, Beruf und wissenschaftlicher Lehre aus. Nur Menschen, die ihre hohlen Sprachcodes in der richtigen Weise von sich gaben, wurden toleriert. Die (a)sozialen Medien waren wieder mit „Fake News" gefüllt und das moralische System, das sich für kurze Zeit etabliert hatte, brach langsam wieder zusammen. Jede Perversität galt wieder als normal, Abtreibung kam wieder in Mode, das Gendern verschandelte wieder die Sprache und das Wort Wahrheit war zum Schimpfwort geworden. Alles und Nichts war wahr und viele Menschen waren auf eine solche Haltung noch stolz.

Novak beobachtete diese Entwicklungen mit Entsetzen und versuchte, so gut es ging, entgegenzusteuern. Aber als diese Einstellungen die Massen erreicht hatten und von ihnen verinnerlicht wurden, stellte er sich wieder die Frage nach der Sinnhaftigkeit seines Amtes. Er fragte sich, wozu Menschen ihr Leben für die positiven Veränderungen gelassen hatten, er dachte an die Prätorianer, für die es nicht einmal ein Denkmal gab, und ihren Einsatz. Sollte alles umsonst gewesen sein? Seine unruhigen Gedanken begleiteten ihn bis in sein Bett und Almute erkannte die negativen Veränderungen in Felix' Leben. Obwohl sie ihn verstand, konnte sie ihm nicht wirklich helfen. Sie beteten zusammen und besprachen so manchen Abend lang die verzwickte Situation bis schließlich der Zufall, oder sollte man es Fügung nennen, Novak zu Hilfe kam. Die Opposition trat vehement gegen die Regierung auf und nutzte alle Wege, um diese zu Fall zu bringen. Sie nutzte alle rechtlichen Möglichkeiten, die sich in unzähligen und unnötigen Ausschüssen äußerten, die Verantwortlichen des Landes in Misskredit zu bringen, um sich selbst als die wahre Alternative darzustellen. Ihre Vorstellungen waren oftmals unrealistisch und unfinanzierbar. Aber Geld, das sich noch nicht in der Staatskasse befand, konnte man leicht verteilen.

Diese Machenschaften führten dazu, dass der Staat fast unregierbar wurde und es zu Neuwahlen kam. Die, die das Meiste versprochen hatten, bekamen auch die meisten Stimmen. Die Partei, die Felix aufgestellt hatte, fuhr eine gewaltige Niederlage ein und gestand diese auch am Wahlabend ein. Es war ziemlich sicher, dass diese Partei in die Opposition gehen würde und für Novak war die Angelegenheit, sich entscheiden zu müssen, vorbei. Er atmete erleichtert auf und würde sich eine neue Arbeit suchen müssen, die er als IT-Experte in der gesetzlichen Sozialversicherung fand. Auch Almute war erfreut, denn nun zeichnete sich wieder eine gewisse Normalität im Familienleben ab, aber auch Novaks geistliches Leben hatte unter der Situation gelitten. Fast hätte man hören können, wie ein großer Stein beiden von Herzen fiel. Felix spürte schon fast beinahe die geregelte Arbeitszeit, denn er würde die vielen sinn- und endlosen Sitzungen am Abend ganz sicher nicht vermissen.

Die Vollendung

Zwei Tage vor Novaks dreiundfünfzigstem Geburtstag lag ein Kuvert auf dem Frühstückstisch neben seiner Kaffeetasse. Almute hatte ihm auch eine Bananenschnitte dazu gestellt, die er besonders liebte. Die beste Ehefrau aller Zeiten – Novak wusste nun, dass diese liebevolle Bezeichnung von Ephraim Kishon stammte – hatte ihm das Geburtstaggeschenk schon heute gegeben, denn sie wollte sichergehen, dass er auch Zeit hatte mit ihr ein Kunstwerk aus Lasershow, Hologrammen und Toneinlagen zu besuchen. Felix öffnete das Kuvert und nahm die beiden Karten und das Programm heraus. Anfangs konnte er sich mit dem Geschenk nicht anfreunden, denn es war zu entnehmen, dass dieses Kunstwerk nicht in gegenständlichen Gebilden bestand, sondern die Fantasie anregen sollte. Aber als er las, dass die Worte aus der Offenbarung des Johannes und einigen anderen Abschnitten aus der Bibel stammten, begann er zu lächeln und bedankte sich bei Almute mit einem Kuss.

Endlich war es so weit. Mit der U-Bahn fuhren sie zum Park eines bekannten Schlosses, in dem das Kunstwerk gezeigt wurde. Es war ein lauer Abend und ein Genuss, im Freien zu sitzen. Vor dem Beginn wurden die Besucher ersucht, ihre Handys auszuschalten und nicht zu rauchen. Auf der Leinwand erschien in großer leuchtender Schrift ein Vers aus dem zweiten Petrusbrief (Kap. 3:12ff):

Wartet auf den großen Tag Gottes,
verhaltet euch so,
dass er bald anbrechen kann.
Sein Kommen bedeutet zwar,
dass der Himmel in Brand gesetzt wird
und die Elemente im Feuer zerschmelzen.

Dann erschienen Feuerbälle auf der Leinwand und Atompilze und alles schien sich wie in glühender Lava aufzulösen. Dazu wurde Musik eingeblendet, die genau zu dem Lichtspiel passte, Donner und Krachen. Da drehte Felix das Gesicht zu seiner Frau und flüsterte ihr ins Ohr: „Diese Feuerbälle sehen ähnlich aus, wie das Bild im Vorzimmer, das du gemalt hast." Almute war stolz auf dieses Lob.

Feuerball

Mitten aus dem Krachen heraus ertönte eine Stimme, während als Hologramm eine Erdkugel erschien. Sie rief:

> *„Dann sah ich einen neuen Himmel und eine neue Erde,*
> *denn der alte Himmel und die alte Erde waren verschwunden.*
> *Und ich sah die heilige Stadt, das Neue Jerusalem,*
> *von Gott aus dem Himmel herabkommen, wie eine schöne Braut,*
> *die sich für ihren Bräutigam geschmückt hat."*

Das Bild der Erdkugel wurde durch eine wunderbare Stadt ersetzt, die in den verschiedensten Farben leuchtete und doch nicht wie eine irdische Stadt aussah. Zarte Musik untermalte das Entstehen dieser Stadt und das Publikum sah wie gebannt auf dieses wunderbare Schauspiel am dunklen Nachthimmel. Nochmals ertönte die Stimme:

> *„Gott wird abwischen alle Tränen und es wird*
> *keinen Tod, keine Trauer, kein Weinen und keinen Schmerz*
> *mehr geben. Denn die erste Welt mit ihrem ganzen Unheil*
> *ist für immer vergangen."*

Wunderschöne Bilder und Hologramme, untermalt von einfühlsamer klassischer Musik wechselten einander ab. Die Stimmung war so traumhaft, dass das Publikum nicht zu applaudieren wagte und auf eine Zugabe wartete. Die kam dann auch, aber anders als erwartet. Plötzlich war es ganz still geworden und man sah wieder ein Hologramm, das ein gewaltiges Feuer darstellte. Und wieder tönte die Stimme:

> *„Die Feigen und Treulosen und diejenigen,*
> *die abscheuliche Taten tun, die Mörder*
> *und Unzüchtigen, die, die Zauberei treiben,*
> *die Götzendiener und Lügner – sie erwartet*
> *der See, der mit Feuer und Schwefel brennt."*

Ein solches Ende hatte niemand erwartet, aber für Almute und Felix war dieser Text aus dem einundzwanzigsten Kapitel der Offenbarung des Johannes nicht neu. Betreten und still ging das Publikum zu den Stehtischen, die im Park aufgestellt waren, und wartete auf die Kellner. Nachdem die Bestellungen, meist Sekt, aufgegeben und diese herbeigebracht worden waren, unterhielten sich die Menschen leise und mit ernster Miene. Novak hätte sich gerne unter das Publikum gemischt, doch seine Frau zog ihn ein Stück beiseite und sagte bestimmt: „Eine kleine Überraschung habe ich noch für dich, bevor wir uns auch einen kleinen Umtrunk gönnen." Sie zog ihr Handy aus der Tasche, klappte es auf und sie hörten das Lied „The darkest hour is just befor the dawn" von Emmylou Harris. In diesem Song heisst es, dass sich die dunkelste Stunde des Tages kurz vor der Morgendämmerung zeigt. Im Zusammenhang wird klar, dass sich diese Äußerung auf das furchtbare Gericht Gottes bezieht, das vor dem zweiten Kommen Jesu über die Erde hereinbrechen und sich in Plagen, Krankheiten, Naturkatastrophen und Kriegen äußern wird.

Nach dem Ende des Liedes küssten sich Almute und Felix innig, dann gingen auch sie auf ein Glas Sekt zu einem freien Tisch. Einige Menschen, die die Szene mit Abstand betrachteten, schüttelten ihre Köpfe.

The darkest hour is just before the dawn.

Bewerten Sie dieses Buch auf unserer Homepage!

www.novumverlag.com

Der Autor

Erich Skopek, 1954 in St. Pölten, Österreich, geboren, hat nach dem Abitur im humanistischen Gymnasium die Gartenbaufachschule besucht und mit der Prüfung zum Gärtnermeister abgeschlossen. 1987 sattelt er um und bearbeitet Insolvenzen und Rechtsangelegenheiten bei einer Versicherung. Schon als junger Mensch schreibt er Gedichte und produziert Sendungen für den Evangeliumsrundfunk. Lesen und Malen sind seine Hobbies, wie auch das Reisen, zum Beispiel für acht Monate nach Indien, wohin er sich nach seiner Matura aufmachte. Inzwischen im Ruhestand, ist er ein Suchender geblieben, der sich mit drängenden lebensweltlichen und sozialpolitischen Fragen auseinandersetzt. „Mitternacht der Welt" ist nach „Fünf Minuten nach zwölf" bereits sein zweites Buch bei novum.

novum VERLAG FÜR NEUAUTOREN

Der Verlag

> *Wer aufhört*
> *besser zu werden,*
> *hat aufgehört*
> *gut zu sein!*

Basierend auf diesem Motto ist es dem novum Verlag ein Anliegen, neue Manuskripte aufzuspüren, zu veröffentlichen und deren Autoren langfristig zu fördern. Mittlerweile gilt der 1997 gegründete und mehrfach prämierte Verlag als Spezialist für Neuautoren in Deutschland, Österreich und der Schweiz.

Für jedes neue Manuskript wird innerhalb weniger Wochen eine kostenfreie, unverbindliche Lektorats-Prüfung erstellt.

Weitere Informationen zum Verlag und seinen Büchern finden Sie im Internet unter:

w w w . n o v u m v e r l a g . c o m

Erich Skopek
Fünf Minuten nach zwölf
Die unbekannte Weisheit

ISBN 978-3-99131-352-6
62 Seiten

Ohne Scheuklappen übt der Autor Kritik an den derzeitigen Strömungen in Gesellschaft und Kirche. Entwickeln sich diese wie bisher, werden die Folgen schwerwiegend sein. Dieses Buch soll davor warnen.